중2병이라도
마녀가
하고싶어!

이 멋진
세계에
축복을!

어서 오세요!
손님은 이 가게에
처음 오셨나요?

키스　　　더스트

"익스플로전!!"

🪷 위즈 🪷

이 멋진 세계에 축복을! 2

중2병이라도 마녀가 하고싶어!

CONTENTS

중2병이라도
마녀가
하고싶어!

이 멋진
세계에
축복을!2

아카츠키 나츠메 지음
미시마 쿠로네 일러스트
이승원 옮김

Character

아쿠아

나는 아쿠아. 물의 여신이야!
일본의 시원찮은 은둔형 니트를
데리고, 사람들의 몸과 마음에
난 상처를 치유하며 마왕을
퇴치하는, 이 이야기의
치유계 주인공……!

……．

아쿠아

연령 연령 미상
직업 아크 프리스트

메구밍

그리고 그 자칭 여신을 거느린 자는,
이 파티에서 가장 강력한 화력을
발휘하는 존재이자,
화려한 필살기를 지닌
진정한 주인공!
홍마의 마을 최고 천재,
메구밍……!

……………．

연령 13세
직업 아크 위저드

그들을 뒤따르는 자는 강인한 의지와
철벽같은 방어력을 자랑하며,
밤낮으로 카즈마가 날려대는
성희롱을 홀로 감수하고 있는
가련한 그림자 주인공,
다크니스……!

……………．

다크
니스

연령 18세
직업 크루세이더

Profile

위즈

그런 여러분을 서포트하는
《위즈 마도구점》의 주인 위즈예요…….
으음~ 죄송합니다.
저도 주인공이에요.

……………………….

연령 20세
직업 점주

에리스

그런 여러분이 사는
이 이세계의 국교(國敎)인
에리스 교에서 모시는 신,
이번 권부터 아쿠아 선배를 대신해
주인공을 맡게 된 에리스
예요.

연령 미상
여신 직업

……………………….

사토
카즈마

흐~음, 그런데 에리스.
……너, 못 본 사이에 가슴이
꽤 커졌네?!
좀 만져보자!

어이!
내 소개 코너를
멋대로 점거하지 마!

연령 16세
직업 모험가

프롤로그

"사토 카즈마 씨……. 사후의 세계에 어서 오세요. 저는 당신을 새로운 길로 안내할 여신, 에리스예요. 이 세계에서의 당신의 인생은 끝을 맞이했답니다."

눈을 떠보니, 나는 로마 시대의 신전 같은 곳에 있었다.

자신에게 무슨 일이 일어난 것인지 생각이 나지 않은 나에게, 눈앞의 소녀는 그렇게 말했다.

품이 넓고 새하얀 날개옷을 입은 그녀는 백은빛을 띤 긴 머리카락과 새하얀 피부를 지녔다.

덧없는 느낌의 아름다움을 지닌 그 소녀의 얼굴은 왠지 약간 어두워 보였다.

실제 연령은 알 수 없지만, 겉모습은 나보다 어려 보였다.

자신의 이름이 에리스라고 밝힌 여신의 안타까움으로 가득 찬 푸른 눈동자가 망연자실하게 서있는 나를 향했다.

여신이 방금 한 말을 듣고, 나는 내가 죽었다는 사실을 자각했다.

이 감각은 전에도 느껴본 적이 있었다.

나에게 이세계로 가지 않겠느냐는 제안을 했던 자칭 여신^{아쿠아}과 만났을 때도, 이런 느낌이었지.

지금의 나에게는 죽기 직전의 기억이 존재했다.

—아하, 나는 또 죽었구나.

그렇게 생각한 순간, 자신의 볼을 타고 뜨거운 무언가가 흐르는 느낌이 들었다.

처음 죽었을 때는 이러지 않았는데 말이다.

아아, 그래—.

나는 미치도록 싫어한다고 생각했던 그 변변찮은 세계를 뜻밖에도 좋아했던 것 같다.

제1장 이 진정한 동료들과 트레이드를!

1

"······돈이 필요해!"

나는 피를 토하는 심정으로 그 말을 외쳤다.

돈이 필요하다. 그것도 거금이 필요하다.

—모험가 길드라고 불리는 시설 안에 있는 술집.

나는 양손으로 머리를 감싸 쥔 채 테이블에 엎드렸다.

"당연한 소리 하지 마. 돈이 필요 없는 사람이 세상 천지에 어디 있겠냐구. 물론 나도 돈이 필요하단 말이야. ······그리고 카즈마 너, 너무 변변치 못한 거 아냐? 여신인 나를 매일같 이 마구간에서 재우는 게 부끄럽지도 않은 건가요? 알았으면 내가 사치 부리게 해줘. 내 어리광을 받아달라구!"

머리를 감싸 쥔 나를 향해 그런 가당찮은 소리를 한 이는 물빛 머리카락과 눈동자를 지닌 미소녀였다.

겉모습은 꽤 괜찮은 편인 이 녀석의 이름은 아쿠아다. 일 단은 여신인 것 같지만—.

"……너, 내가 왜 돈을 필요로 하는 건지 알고 있긴 한 거야?"

"전직 은둔형 외톨이의 썩어빠진 머릿속을 맑고 올바를 뿐만 아니라 아름답기까지 한 내가 어떻게 알겠어? 아, 은둔형 외톨이로 지낼 돈이 필요한 거지?"

"빚 때문이야."

내가 그 말을 입에 담은 순간, 아쿠아는 움찔 놀라면서 시선을 피했다.

"빚 때문이라고! 네가 만든 빚 때문에 퀘스트를 수행할 때마다 보수의 태반이 빚 변제를 위해 차감되고 있단 말이다! 곧 겨울이야! 오늘 아침에 마구간의 짚더미 안에서 눈을 떠보니 눈썹이 얼었더라고! 다른 모험가들은 여관에서 방을 빌려 지내고 있어! 본격적인 겨울이 시작되면 어쩔 건데? 겨울에도 마구간에서 자다간 얼어 죽을 거야! 솔직히 말해, 마왕을 쓰러뜨려 원래 세계로 돌아가고 말고가 문제가 아니란 말이다!"

귀를 막고 눈을 감은 채 고개를 돌리고 있는 아쿠아를 향해, 나는 테이블을 내려치면서 고함을 질렀다.

―이 세계에는 모험가라 불리는 자들이 있다.

인간에게 해를 끼치는 몬스터와 밤낮없이 싸우고, 그렇게 번 돈으로 술을 마시며 한치 앞도 알 수 없는 생활을 하는 이들이다.

그런 계획성 없는 모험가들도 겨울이 되면 여관에 틀어박혀 느긋하게 지낸다.

왜냐하면 겨울에는 약한 몬스터들이 대부분 동면을 취하고, 무시무시한 몬스터들만이 활동하기 때문이다.

우리가 거점으로 삼고 있는 이 마을은 풋내기 모험가들이 모이는 마을, 액셀이다.

겨우 걸음마를 뗀 수준인 모험가에게 있어 겨울에 활동하는 몬스터와 싸우는 짓은 자살행위나 다름없다.

바로 그때, 아쿠아는 테이블을 내려치더니 몸을 앞으로 쭉 내밀면서 반론했다.

"그래도, 어쩔 수 없었잖아! 그때 내가 눈부신 활약을 펼치지 않았다면 이 마을은 멸망했을지도 모른다구! 그런 나에게 감사하는 건 고사하고 빚을 지워?! 부당한 처사야! 나, 접수 카운터 직원에게 항의할래!"

"어이, 그만해! 접수 카운터의 누님을 곤란하게 만들지 마! ……그리고 일단 거액의 상금도 받았잖아. ……빚이랑 더하기빼기를 하고 보니 결국 마이너스가 되기는 했지만 말이야. 마을을 지키기 위해서라고 해도 마을 일부를 박살내버렸으니, 무죄방면을 할 수도 없었을 거라고."

일전에 베르디아라는 마왕의 간부가 이 마을을 습격했었다.

마왕.

그렇다. 그 마왕이다.

게임이나 만화에서 흔히 나오는, 그 유명한 마왕의 간부가 이 마을에 쳐들어온 것이다.

그때 아쿠아가 적의 약점인 대량의 물을 불러내서 그 간부를 약체화시킨 후, 내가 용맹한 활약을 선보인 덕분에 무사히 격퇴하기는 했지만—.

"뭐야! 그러는 카즈마는 적한테서 마구 도망 다니기만 하다가 내가 약화시킨 듈라한한테서 스틸로 머리를 빼앗은 것 외에는 한 게 없잖아! 나를 더 칭찬하라구! 찬양하라구! 칭찬하고, 찬양하며, 내 어리광이란 어리광은 다 받아줘! 길드 사람들과 함께 역시 여신님은 대단하십니다, 같은 소리를 하면서 나를 존경하란 말이야!"

"이 관심병 환자가! 보자보자하니까 더럽게 우쭐대네! 그래! 네 활약 덕분에 이긴 건 인정할게! 그러니 그때 받은 보수와 공적, 그리고 빚도 전부 너 혼자 독차지해! 너 혼자서 남은 빚을 다 갚으라고!"

"아아아앗! 잠깐만! 잘못했어! 우쭐댄 거 사과할 테니까 나를 버리지만 마!"

빚쟁이 여신을 버리고 오기 위해 자리에서 일어난 내 바짓가랑이를 잡은 아쿠아가 울먹거리면서 애원하고 있을 때였다.

누군가가 느닷없이 우리에게 말을 걸었다.

"정말 아침부터 뭘 그렇게 떠들어대고 있는 것이냐. 다들 쳐다……보지 않는구나. 이 길드의 녀석들도 이미 너희에게 익숙해진 건가……."

"두 사람 다 일찍 왔군요. 괜찮은 일거리가 있던가요?"

그 사람들은 바로 내 동료인 마조히스트 크루세이더 다크니스, 그리고 중2병에 걸린 아크 위저드 메구밍이었다.

사복 차림에 대검을 허리에 찬 다크니스는 긴 금발을 쓸어 올리면서 자리에 앉았다.

그 옆에는 안대를 찬 붉은 눈의 마법사, 메구밍이 앉았다.

"아, 너희도 준비 다 했구나. 일거리는 아직 찾아보지 않았어. 상황을 보아하니 너희가 온 후에 느긋하게 찾아봐도 될 것 같았거든."

나는 그렇게 말하면서 길드 안을 둘러보았다.

아직 아침인데도 불구하고 모험가들은 술을 마시고 있었다.

그것도 어쩔 수 없다면 어쩔 수 없었다.

일전에 이 마을에 쳐들어온 마왕군 간부를 격퇴한 보수가, 그 전투에 참가한 모험가들에게도 지급된 것이다.

그 덕분에 다소 주머니 사정이 좋아진 모험가들은 위험을 감수해가면서 겨울에 활동하는 위험한 몬스터를 사냥하러 갈 필요가 없었다.

그래서 길드 게시판에 붙은 의뢰를 마음껏 고를 수 있었지만─.

나는 게시판으로 가서 괜찮은 일거리가 없는지 둘러봤다.

"어디어디……. 하나같이 보수는 좋지만, 만만한 퀘스트가 하나도 없네……."

목장을 노리는 하얀 늑대 무리 토벌, 100만 에리스.

동면에서 깨어난 일격곰이 밭에 출몰. 토벌하면 200만, 쫓아내면 50만.

늑대 무리는 무리다.

대형견보다 크고 빠른 녀석들이 무리를 지어서 한 번에 달려든다면 우리는 그대로 당하고 말 것이다.

곰은 거론할 가치도 없다. 나나 메구밍은 그 녀석의 공격에 스치기만 해도 바로 즉사할 게 뻔했다.

게다가 일격곰 같은 무시무시한 이름이 붙은 몬스터와는 가능하면 얽히고 싶지 않았다.

"……접근 중인 기동요새 디스트로이어의 진로 예측을 위한 정찰자 모집? 디스트로이어가 뭐지?"

"디스트로이어는 디스트로이어다. 크고 고속으로 기동하는 요새지."

"쿵쿵 거리면서 모든 것을 유린하는 녀석인데, 어린애들에게 묘하게 인기가 좋아요."

음, 무슨 소리를 하는 건지 모르겠다.

나는 다크니스와 메구밍의 설명을 흘려들으면서 괜찮은

일거리가 없는지 찾아봤다.

　남은 건—.

　"어이, 이 눈의 정령 토벌이라는 건 뭐야? 이름을 보아하니 그렇게 강한 녀석 같지는 않은데."

　눈의 정령을 한 마리 토벌할 때마다 10만 에리스.

　내가 지금까지 쓰러뜨렸던 몬스터 중에서도 보수가 꽤 센 편이지만, 이름 자체는 늑대나 곰처럼 강한 느낌은 아니었다.

　"눈의 정령은 매우 약한 몬스터예요. 눈이 잔뜩 쌓인 설원에 많이 있다고 하는데, 검으로 베면 간단히 해치울 수 있어요. 하지만……."

　나는 메구밍의 말을 듣자마자 그 의뢰서를 떼어냈다.

　"눈의 정령을 토벌하라는 의뢰야? 눈의 정령은 인간에게 해를 끼치는 몬스터는 아니지만, 한 마리 쓰러뜨릴 때마다 봄이 한나절 빨리 찾아온다고 전해지는 몬스터야. 이 일을 맡을 거지? 그럼 나도 준비 좀 하고 올게."

　아쿠아는 종이를 뗀 나를 향해 잠시만 기다려달라고 말한 후, 어딘가로 가버렸다.

　메구밍은 눈의 정령 토벌 퀘스트를 맡는 것에 불만은 없는 듯 했다.

　한편, 다크니스는 낮은 목소리로 중얼거렸다.

"눈의 정령이라……."

평소 강한 몬스터와 싸우고 싶어 하는 이 마조히스트 크루세이더라면 크게 반대할 거라고 생각했지만…….

그녀는 왠지 기뻐하고 있는 것처럼 보였다.

다크니스의 반응을 보고 위화감을 느끼면서도, 우리는 아쿠아를 기다린 후 눈의 정령을 토벌하러 갔다.

2

마을에서 떨어진 곳에 있는 평원지대.

마을에는 아직 눈이 내리지 않았지만, 그곳은 새하얀 눈으로 뒤덮여 있었다.

그리고 분명 저것이 눈의 정령이리라.

허공을 둥실둥실 떠다니고 있는 손바닥 크기의 새하얀 덩어리가 여기저기에 있었다.

겉보기에는 딱히 위험해 보이지 않았다.

하지만 인간에게 해를 끼칠 것 같지 않은 녀석에게 왜 한 마리당 10만 에리스나 되는 포상금이 붙은 것일까.

이 녀석을 한 마리 쓰러뜨릴 때마다 봄이 한나절 일찍 온다고 하니, 한시라도 빨리 봄이 오기를 기다리고 있는 사람들이 고액의 보수를 건 것일지도 모른다.

퀘스트 보수가 거액이라고 해서 반드시 표적인 몬스터가

강할 것이라고 단정 지을 수는 없다.

꽤 세긴 하지만 인간에게 해를 끼치지 않고 농작물만 먹어치우는 몬스터.

약해빠졌지만 적극적으로 인간을 공격하는 호전적인 몬스터.

이럴 경우, 약하지만 적극적으로 인간을 공격하는 몬스터 쪽의 보수 금액이 크다.

눈의 정령에 이렇게 큰 보수가 붙은 이유가 신경 쓰이기는 하지만, 현재 나에게는 그것보다 더 신경 쓰이는 점이 있었다.

"……야, 그 꼬락서니 좀 어떻게 안 되냐?"

나는 잠자리채와 조그마한 병 몇 개를 들고 있는 아쿠아를 향해 어이없다는 목소리로 말했다. 그녀는 겨울에 잠자리를 잡으러 가는 바보 같은 꼬맹이 같은 꼬락서니를 하고 있었다.

내 말을 들은 아쿠아는 마치 바보라도 보는 듯한 얼굴로 나를 쳐다보았다.

이 녀석…….

"이걸로 눈의 정령을 잡아서 이 병에 넣어둘 거야! 그리고 이 병을 음료수와 함께 상자에 넣어두면 항상 시원한 네로이드를 마실 수 있다구! 즉, 냉장고를 만들려는 거야! 어때? 나, 머리 좋지?"

왠지 나중에 어떤 사태가 벌어질지 상상이 되었지만, 저 녀석이 멋대로 벌인 일이니 하고 싶은 대로 하게 내버려두자.

그리고…………

"너, 갑옷은 어쨌어?"

"수리 중이다."

우리 파티의 방어 담당인 다크니스는 사복 차림으로 검만 휴대하고 있었다.

"……그러고 보니 일전에 마왕군 간부가 네 갑옷을 걸레짝으로 만들었지……. 그래도 그런 차림으로 괜찮은 거야? ……뭐, 눈의 정령은 사람을 공격하지 않는다지만 말이야."

"괜찮으니 걱정하지 마라. 조금 춥기는 하지만, 추위 참기 대회에라도 출전한 것 같아서 이것도 꽤……."

다크니스는 검은색 타이트스커트와 검은색 셔츠 차림으로 하아하아 거리고 있었다.

머릿속이 뜨뜻한 변태는 체온도 높은 걸지도 모른다.

아무튼 그 후 우리는 눈의 정령 토벌을 시작했다.

"메구밍, 다크니스! 그쪽으로 도망간 녀석을 부탁해! 젠장, 잽싸네!"

눈의 정령은 우리가 다가가지 않으면 천천히 떠있었지만,

공격을 가하려고 하면 재빨리 움직이면서 도망쳤다.

이 녀석들에게 공격을 적중시키는 것은 꽤 어려웠다.

뭐, 한 마리당 10만이라는 거액의 보수가 붙었으니, 이 정도는 당연한 건가?

나는 세 마리째 눈의 정령을 해치운 후, 한숨을 내쉬었다.

"네 마리째 눈의 정령을 잡았어~! 카즈마, 이거 좀 봐봐! 완전 대어야!"

아쿠아의 환한 목소리를 듣고 고개를 돌려보니, 그녀는 잠자리채로 잡은 눈의 정령을 조그마한 병에 넣고 있었다.

……나도 잠자리채를 가지고 올 걸 그랬나.

만약 토벌 숫자가 적다면 저 녀석이 잡은 눈의 정령도 퇴치하자.

"카즈마. 저 녀석들, 너무 재빨라서 저와 다크니스가 아무리 쫓아다녀봤자 공격을 명중시킬 수가 없어요……. 폭렬마법으로 이 주위를 확 날려버려도 될까요?"

다크니스와 둘이서 눈의 정령을 쫓아다닌 끝에 지팡이로 겨우 한 마리를 해치운 메구밍이 거친 숨을 내쉬면서 말했다.

다른 퀘스트의 타깃인 하얀 늑대나 일격곰이 나타날지도 모른다는 생각이 들었지만, 적 탐지 스킬로 계속 주변을 경계하다가 반응이 포착되면 바로 도망치면 될 것이다.

"좋아. 부탁해, 메구밍. 한 방에 전부 쓸어버려."

그 말을 들은 메구밍이 희희낙락하면서 주문을 영창한 후—!

"『익스플로전』!!!"

하루에 한 번만 쓸 수 있는 메구밍의 필살 마법이 설원에 작렬했다.

차갑게 얼어붙은 공기가 진동하면서 굉음이 울려 퍼진 후, 새하얀 설원 한가운데에 갈색 지면이 훤히 드러나는 크레이터가 생겼다.

마력을 전부 써버린 메구밍이 설원에 쓰러진 채, 자신의 모험가 카드를 자랑하듯 들어올렸다.

"여덟 마리! 여덟 마리나 해치웠어요. 레벨도 하나 올랐고요!"

오오, 대단하네.

지면에 쌓인 눈에 얼굴을 처박지만 않았다면 훨씬 멋져보였을 것이다.

이걸로 내가 세 마리, 메구밍이 아홉 마리 해치웠다. 현재 해치운 숫자는 총 열두 마리다.

아쿠아가 잡은 것도 퇴치해버리면 총 열여섯 마리를 해치운 게 되며, 보수는 160만 에리스다.

넷이서 나눠도 1인당 40만인가.

아직 한 시간도 지나지 않았는데 이렇게 많이 벌었다.

뭐야. 겨울 토벌 퀘스트는 엄청 짭짤하잖아.

왜 이렇게 약해빠진 눈의 정령을 아무도 토벌하려고 하지 않는 거지?

—내가 품은 의문에 답하듯, 그것은 느닷없이 우리 앞에 나타났다.

"……음, 나왔구나!"

다크니스는 그것을 보더니 전투태세를 취하면서 득의만만한 미소를 지었다.

그것이 너무 느닷없이 출현한 탓에 적 탐지 스킬로 포착해서 도망칠 수도 없었다.

"…………"

아까까지만 해도 기뻐하고 있던 메구밍은 눈 위에 엎드린 채 아무 말 없이 죽은 척을 하고 있었다.

"……카즈마. 모험가들이 겨울에 퀘스트를 받지 않는 이유를 가르쳐줄게."

아쿠아는 한 걸음 물러섰다. 그리고 그것으로부터 잠시도 눈을 떼지 않았다.

—우리의 시선을 모은 그것은 철컹 소리를 내면서 한 걸음 앞으로 내디뎠다.

"너도 일본에서 살았으니까, 옛날부터 이 시기가 되면 일기예보나 뉴스에 자주 나오는 그 이름을 들어본 적은 있겠지?"

중후한 흰색 갑옷으로 온몸을 감싼 그것은 우리를 향해 끝없는 살기를 뿜고 있었다.

일본인인 나는 그것을 본 순간, 아쿠아가 말을 하기도 전에 그것의 정체를 눈치챘다.

그렇기에 아쿠아의 말을 들을 필요가 없었지만, 그래도 나는 그녀의 말을 기다렸다.

"눈의 정령들의 주인이자, 겨울의 명물이기도 한……."

흰색으로 된 중후한 느낌의 일본식 투구. 마찬가지로 흰색에 매끄럽기 그지없는 진바오리[#1].

그리고 새하얀 가면을 쓴 갑옷무사가 새하얀 냉기를 풍기는 칼을 쥐고 서있었다.

—아쿠아는 진지한 표정으로 중얼거렸다.

"바로 동장군이야."

"멍청이! 이 빌어먹을 세계에 있는 건, 인간이든, 먹을 거든, 몬스터든 간에, 전부 멍청이야!!"

동장군이 무지막지하게 잘 들 것 같은 칼을 반짝이면서 우리를 향해 쇄도했다!

3

흰색으로 통일된 갑옷과 투구.

#1 진바오리(陣羽織) 갑옷 위에 걸치는 소매 없는 외투.

그 밋밋한 색깔은 일본 중세 시대 갑옷 특유의 화려함을 전혀 훼손시키지 않았다.

매끄러우면서도 많은 공을 들인 진바오리.

새하얀 냉기를 뿜는 일본도는 가까이서 보지 않아도, 무시무시할 만큼 잘 들 거라는 사실을 한 눈에 알 수 있었다.

동장군은 강렬한 존재감과 살기를 뿜으면서 칼을 비스듬히 들었다.

그리고 칼날이 햇빛을 받아 반짝인 직후, 가장 가까운 곳에 있는 다크니스에게 달려들었다!

"큭?!"

다크니스는 동장군의 칼을 자신의 대검으로 막으려 했지만—

베르디아의 맹공조차 막아냈던 그 대검은 키잉 하는 맑은 소리를 내면서 간단히 두 동강나고 말았다.

"아앗?! 내, 내 검이……?!"

아쿠아는 동장군, 그리고 동장군과 싸우는 다크니스로부터 거리를 벌리면서 말했다.

"동장군. 이 나라에서 고액의 상금을 걸어둔 특별지정 몬스터 중 하나야. 동장군은 겨울의 정령……. 그리고 정령은 원래 실체를 지니지 않아. 마주친 인간이 무의식적으로 머릿속에 그린 사념을 받아들여서 그 모습으로 실체화해. 불의 정령은 모든 것을 집어삼켜 불태우는 탐욕스러움 때문에 흉포한 불도마뱀. 물의 정령은 맑고 멋지고 지적이고 아름다운 물의 여신을 연상해 아름다운 소녀의 모습. ……하지만 겨울의 정령은 좀 특수해. 위험한 몬스터가 만연하는 겨울에는 마을 사람은 물론이고 모험가조차 나돌아 다니지 않기 때문에 겨울의 정령과 마주치는 일 자체가 드물어. ……하지만 일본에서 온 치트급 녀석들은 겨울에도 잘만 돌아다니거든.”

아쿠아는 눈의 정령이 들어있는 병을 안아든 채 동장군에 대해 설명했다.

눈앞에 있는 동장군은 숨을 쉬듯, 가면 너머로 고오오하고 새하얀 냉기를 뿜어내고 있었다.

나는 검이 부러진 다크니스의 옆에 서서, 눈앞에 있는 동장군을 향해 검을 겨눴다.

“……즉, 이 녀석은 일본에서 이 세계로 온 어떤 바보가 겨울 하면 동장군이지, 같은 식으로 생각한 바람에 탄생한 거야? 완전 민폐잖아. 이거 대체 어떻게 할 거야. 겨울의 정령과 대체 어떻게 싸우냐고!”

솔직히 말해 눈앞에 있는 몬스터를 이길 수 있을 것 같다는 생각이 눈곱만큼도 들지 않았다.

언뜻 보기엔 인간형 갑옷 무사지만, 저것이 정령이 실체화한 존재라면 내가 이 검으로 벤들 전혀 대미지를 입지 않을 것이다.

마지막 희망인 메구밍도 오늘은 마법을 쓸 수 없다.

아까부터 죽은 척 하고 있는 저 녀석은 전투가 끝난 후에 자근자근 밟아줘야지.

아쿠아는 손에 든 병의 뚜껑을 열더니, 고생고생해서 잡은 눈의 정령들을 풀어줬다.

"카즈마, 내 말 잘 들어! 동장군은 관대해! 그러니까 성심성의껏 사과하면 용서해줄 거야!"

아쿠아는 그렇게 말하면서 새하얀 눈이 쌓인 설원에서 그대로 넙죽 엎드렸다.

"DOGEZA#2야! DOGEZA를 하라구! 자, 다들 무기를 버려! 사과해! 카즈마도 빨리 사과하란 말이야!!"

자존심 같은 것을 다 내던지면서 눈 덮인 지면에 이마를 찰싹 대는 전직 뭐시기님은 그야말로 완벽하기 그지없는 자세로 고개를 조아렸다.

한 치의 주저도 없이 고개를 조아리는 아쿠아, 완벽한 연기력을 선보이며 죽은 척을 계속하고 있는 메구밍이 내 눈에는 대단해 보였다.

동장군은 무릎을 꿇은 아쿠아에게는 눈길도 주지 않았다.

그리고 상대의 시선은 나와 다크니스에게 향했다.

그 시선을 받은 나도 허둥지둥 무릎을 꿇으려 했다—!

#2 DOGEZA 상대방에게 사죄의 뜻을 표하기 위해 땅에 엎드려 고개를 조아리는 행위.

……하지만, 내 옆에 있는 다크니스는 여전히 서있었다.

"뭐하는 거야! 너도 빨리 무릎 꿇어!"

다크니스는 두 동강 난 대검을 내던지더니, 분해죽겠다는 눈길로 동장군을 노려보았다.

"큭……! 나에게도 성기사로서의 자존심이 있다! 보는 사람이 우리밖에 없다고 해도, 기사인 내가 두렵다는 이유로 몬스터에게 고개를 숙일 수는……!"

나는 골 때리는 소리를 내뱉는 다크니스의 머리를 왼손으로 잡은 후, 억지로 바닥을 향해 눌렀다.

"매번 넙죽넙죽 몬스터를 따라가는 놈이 왜 하필 이럴 때에 자존심을 내세우는 거냐고!"

"하, 하지 마라! 큭, 숙이고 싶지도 않은 고개를 숙여야 하는 것도 모자라, 땅에 얼굴을 처박아야 하다니……. 이건 나한테 있어 완벽한 포상이다! 하아하아……. 아아, 눈이 차가워……!"

나는 볼을 붉힌 채 저항하는 척만 하고 있는 변태의 머리를 누르면서 덩달아 고개를 숙였다.

그대로 동장군을 힐끔 쳐다보니, 상대는 이미 칼을 집어넣었다.

나는 안심하면서도 계속 고개를 숙이고─.

바로 그때, 아쿠아가 나를 향해 고함을 질렀다.

"카즈마, 무기! 빨리 검을 버려!!"

차가운 설원에 얼굴을 처박은 상태에서, 나는 아직 검을 쥐고 있다는 사실을 떠올렸다.

나는 허둥지둥 오른손에 쥔 검을 내던졌다.

당황한 탓에 머리가 바닥에 쌓인 눈에서 자연스레 떨어졌고—.

고개를 든 내 눈에 들어온 것은, 칼집에 넣은 칼의 날밑 부분에 왼손을 얹은 동장군의 모습이었다.

동장군의 왼손 엄지가 칼의 날밑을 살짝 밀자, 칼날이 약간만 모습을 드러냈다.

그것은 발도술 자세였다.

그리고 다음 순간, 동장군의 오른손이 잔상을 남기며 흔들렸다.

그와 동시에 챙 하는 조그마한 소리가 들렸다.

그것은 칼을 칼집에 넣는 소리이리라.

나는 그 소리를 들으면서, 정면을 향했던 자신의 시선이 눈으로 뒤덮인 지면으로 향하더니, 그대로 그 새하얀 지면이 자신을 향해 밀어닥치는 것을 불가사의하게——.

4

—완전히 생각났다.

나는 동장군에게 살해당했던 것이다.

"저기……. 진정이 됐나요?"

"아……, 패닉을 일으켜서 미안해요. 꼴사나운 모습을 보였네요."

새하얀 신전 안, 나는 여신님 앞에서 꼴사납게 울어댔던 게 부끄러워진 나머지 고개를 돌렸다.

하지만 에리스라는 이름의 여신님은 우려 섞인 표정을 지으며 고개를 저었다.

"부끄러워할 필요 없답니다. 소중한 목숨을 잃은 거니까요……."

그녀는 그렇게 말하면서 나를 위로하듯 안타까움이 어린 눈을 감았다.

슬픈 표정을 짓고 있는 에리스를 보자, 나는 애절한 마음이 들었다.

"저기, 뭐 하나만 물어봐도 될까요? 나를 죽인 그 몬스터가 그 후에 어떻게 됐는지 알 수 있을까요?"

나는 동료들이 내 복수를 하겠다면서 동장군에게 달려들지나 않았을지 걱정이 되었다.

"걱정하지 마세요. 동장군은 당신을 벤 후, 바로 사라졌어요."

나는 그 말을 듣고 마음속의 짐을 내려놓은 것처럼 한숨을 내쉬었다.

그 모습을 본 에리스는 슬픔이 어린 표정으로 나를 쳐다보았다.

"사토 카즈마 씨. 모처럼 평화로운 일본에서 이 세계까지 와주셨는데, 이렇게 되어 정말 안타까워요……. 이세계에서 온 용감한 분이시여. 하다못해 제 힘으로 다음 생에서는 평화로운 일본의 유복한 가정에 태어나, 부족한 것 없이 살며, 행복한 인생을 구가할 수 있도록 해드릴게요."

나는 에리스의 말을 듣고 떠올렸다.

죽어서 천국에서 살든가, 아기로 다시 태어나든가, 둘 중 하나를 선택해야했지.

이런 말도 안 되는 세계에서 인생을 한 번 더 산다는 게 이상했던 거야.

짧은 시간이었지만, 인생의 끝에 조금은 즐거운 시간을 보냈다고 생각하자.

하지만 그 민폐 덩어리 녀석들과 더는 만나지 못한다고 생각하니, 아주 조금…….

그래. 아주 조금, 아쉽기는 하지만—

그런 생각이 얼굴에 드러난 것일까. 에리스는 슬픈 표정을 지으며 고개를 돌렸다.

그리고 나를 향해 오른손을 내밀더니…….

《자! 돌아와, 카즈마! 이런데서 뭘 간단히 죽어버리는 거

야! 죽기에는 아직 이르다구!》

느닷없이 아쿠아의 목소리가 들렸다.

나와 에리스밖에 없는 공간에, 도플러 효과[3]를 동반한 커다란 목소리가 울려 퍼진 것이다.

"우왓?! 뭐, 뭐야?!"

그 목소리를 듣고 나는 깜짝 놀랐다.

그리고 놀란 사람은 나만이 아닌 것 같았다.

"앗?! 이 목소리는, 아쿠아 선배?! 선배와 많이 닮은 프리스트라고 생각하기는 했지만, 설마 본인?!"

눈을 치켜뜬 에리스는 믿기지 않는다는 표정을 짓더니, 허공을 바라보면서 큰 목소리로 외쳤다.

《카즈마, 내 말 들려? 네 몸에 『리저렉션』이라는 마법을 걸었으니까, 이제 이 세상으로 돌아올 수 있어. 지금 네 눈앞에 여신이 있지? 그 애한테 이쪽 세계로 이어지는 문을 열어달라고 해.》

아쿠아의 목소리가 또 들려왔다.

오오……! 정말이야?! 이 여신님, 말도 안 되는 짓을 벌였잖아!

그러고 보니 녀석은 듈라한에게 베인 모험가들을 소생시

---

[3] **도플러 효과** 소리를 내고 있는 주체가 다가올 때 크게 들렸다가, 멀어질 때는 작게 들리는 현상.

킨 적이 있었지!

"좋아! 기다려, 아쿠아! 지금 그쪽으로 돌아갈게!"

목소리가 어디서 들리는 건지는 모르겠지만 나는 허공을 향해 고함을 지른 후, 껑충껑충 뛰면서 기뻐했다.

"자, 자자, 잠깐만요! 안돼요, 안된다고요! 죄송하지만, 당신은 이미 한 번 되살아났기 때문에 천계 규정에 따라 더는 소생할 수 없어요! 아쿠아 선배와 이어져 있는 당신의 목소리만 저쪽 세계에 전달이 되니, 저 대신 선배에게 방금 제가 한 말을 전해주지 않겠어요?"

에리스는 당황한 목소리로 그렇게 말했다.

어이, 그게 정말이야? 괜히 좋아했잖아!

"어이, 아쿠아. 내 말 들려~?! 나는 한 번 되살아났었기 때문에 천계 규정이라는 것에 따라 더는 되살아날 수 없다는데~?!"

나는 허공을 향해 말했다.

그러자, 한 순간 정적이 흐른 후—.

《뭐어~? 어느 여신이 그딴 소리를 한 거야! 거기, 너! 이름을 밝혀! 일본을 담당하는 엘리트인 나에게, 이런 변경이나 담당하는 여신 따위가 감히 그딴 소리를 해?!》

어이, 그만해.

내 눈앞에 있는 변경 담당 여신님의 표정이 엄청 굳어버렸단 말이야.

"으음, 에리스라는 이름의 여신인데⋯⋯."

나는 우물쭈물하면서 아쿠아에게 말했다.

그러자 아쿠아는 어이없다는 목소리로 외쳤다.

《에리스?! 이 세계에서 국교로서 숭배 받는 걸로 모자라 돈의 단위까지 된 속빈 강정 에리스?! 저기, 카즈마! 에리스가 또 쓸데없는 소리를 하면 가슴 뽕을 확 빼버―.》

"아, 알았어요! 특례로! 특례로 인정해드릴게요! 지금 바로 문을 열어드릴게요!"

아쿠아의 말을 막듯, 에리스는 얼굴을 붉히면서 손가락을 튕겼다.

그러자 내 눈앞에 별다른 장식이 되어 있지 않은 새하얀 문이 생겨났다.

하아, 아쿠아 선배는 여전하네요⋯⋯ 하고 에리스가 중얼거린 후 나를 향해 말했다.

"자, 이제 현세와 이어졌어요. ⋯⋯정말, 이건 특례 중의 특례예요. 원래 왕이든 뭐든 간에 마법으로 되살아날 수 있는 건 누구나 딱 한 번뿐이라고요. ⋯⋯정말. 카즈마 씨라고 했죠?"

"예? 아, 예!"

에리스가 이름을 부르자, 나는 당황한 목소리로 대답했다.

우리 파티의 짜가 여신과 달리, 이쪽은 진짜배기 여신님이다.

게다가 엄청난 미소녀이기에 긴장되었다.

지금까지 계속 슬픈 눈빛으로 바라보던 여신은 잠시 동안 난처하다는 듯이 볼을 긁적였다.

이윽고, 장난기 섞인 윙크를 한 그녀는 약간 기뻐 보이는 목소리로 귓속말 하듯 작게 속삭였다.

"이 일은 우리 둘 만의 비밀이에요."

나는 쓴웃음을 지으면서 그 새하얀 문을 열었다―.

5

―멀리서 목소리가 들렸다.

"……즈마……! 카즈마! 카즈마, 일어나세요! 카즈마!"

그것은 나를 끌어안은 채 울고 있는 메구밍의 목소리였다.

……응?

왠지 오른손이 따뜻했다.

그쪽을 쳐다보니, 한쪽 무릎을 꿇은 채 내 오른손을 양손으로 포개 쥔 다크니스가 기도를 올리듯 눈을 감고 있었다.

머리 위쪽에서 시선을 느낀 나는 그쪽을 쳐다보았다.

그러자, 나를 응시하고 있는 아쿠아와 눈이 마주쳤다.

"……아, 드디어 깼구나? 정말, 그 애는 여전히 고지식하다니깐."

나는 아쿠아의 말보다, 뒤통수에서 느껴지는 따뜻한 온기가 더 신경 쓰였다.

……어이쿠.

아쿠아가 무릎베개를 해주고 있는 것 같았다.

내가 눈을 떴다는 사실을 눈치챈 메구밍과 다크니스는 아무 말 없이 나를 꼭 끌어안았다.

내가 되살아났다는 사실에 기뻐해주는 건 고맙지만, 너희가 그러니까 왠지 무지막지하게 부끄럽다고……!

내가 부끄러워서 꼼짝도 못하고 있다는 사실을 눈치챈 아쿠아가 히죽히죽 웃었다.

젠장. 여기로 돌아오지 말고 확 그냥 일본의 부잣집 자식으로 다시 태어나는 편이 좋았을까?

"저기, 카즈마. 부끄러움 타지 말고 무슨 말이라도 좀 해봐. 우리에게 할 말이 있지 않아?"

아쿠아는 히죽히죽 웃으면서 그런 소리를 했다.

이 잉여신과 아까 본 귀여운 여신님을 교환할 수는 없으려나.

―나는 아쿠아를 향해 퉁명한 목소리로 말했다.

"체인지."

"좋다구, 이 빌어먹을 니트! 그렇게 그 애를 만나고 싶다면 지금 바로 만나게 해주겠어!"

"그, 그만해! 죽었다가 살아난 사람에게 폭력을 휘두르지 말라고, 이 폭력 여신아!"

이마에 혈관이 돋은 아쿠아가 고함을 지른 순간, 그녀의 주먹이 빛을 뿜기 시작했다. 그리고 그녀는 그대로 나에게 달려들려고 했다.

그런 아쿠아를 다크니스가 말리는 사이, 나는 몸 곳곳을 살피면서 상체를 일으켰다.

"……몸은 좀 어떤가요? 어디 안 좋은 곳이라도 있나요?"

나는 메구밍의 말을 듣고 내 몸의 이곳저곳을 만져봤다.

"일단은 괜찮은 것 같아. 그런데 나 어떻게 죽었던 거야?"

내 질문에 아쿠아가 대답했다.

"너, 동장군에게 목을 댕강 잘렸어. 단면이 깔끔하기 그지없더라구. 덕분에 잘 붙기도 했고, 치료도 손쉬웠다니깐. 혈액도 다소 회복시키기는 했지만 아직 피가 부족해. 그러니 한 동안 격렬한 운동을 했다간 빈혈을 일으킬 거야. 그리고 전위에 나서는 것도 금지야. 부상이라도 입어서 피를 더 잃었다간 진짜로 큰일 날 거라구."

"목이 댕강……!"

나는 경악하면서 무심코 목 언저리를 손으로 쓰다듬었다. 아무리 만져 봐도 흉터 같은 것은 없었다.

내 피로 설원의 일부가 새빨갛게 물들어 있었고, 아까 내 옆에 있던 다크니스에게도 피가 튄 것 같았다.

아쿠아가 치료해주기는 했지만, 역시 한 번 죽었다고 생각하니 오싹했다.

이 세계의 겨울에는 식량이 부족한 가혹한 환경 속에서 다양한 생존경쟁이 펼쳐진다. 그리고 그것을 이겨낸 몬스터에게만 활동이 허락되는 것이다.

우리 같은 풋내기가 해결할 수 있는 퀘스트는 애초부터 존재하지 않았다.

……응. 오늘은 이대로 마을로 돌아가자.

6

마을로 돌아온 우리는 보수를 받기 위해 길드로 향했다.

"약 한 시간 동안 열두 마리를 해치웠네. 120만이라……. 수입은 짭짤하지만 한 번 죽었다 살아났다고 생각하니 손해인 것 같아. 그 동장군은 특별지정 몬스터라고 했지? 그 녀석은 상금이 얼마나 되는 거야? 다크니스의 검이 일격에 부러진 걸 보면, 3억이나 걸려있던 베르디아보다도 강한 것 같은데 말이야."

"동장군은 눈의 정령만 건드리지 않으면 아무 짓도 하지 않는 몬스터예요. 그래도 상금은 2억 에리스 정도 될 거예요. 마왕군 간부이자, 인류의 명확한 적인 베르디아는 위험도 때문에 많은 상금이 붙었지만, 동장군은 원래 그렇게 공격적인 몬스터가 아닌데도 2억이나 되는 상금이 붙었어요. 이 파격적인 상금은 그 만큼 동장군이 강하다는 걸 의미한다고 봐야겠죠."

나는 메구밍의 설명을 듣고 무심코 입을 다물었다.

—2억.

그 정도 돈이 있으면 빚 청산과 집 장만을 하고도, 한 동안은 놀고먹으면서 지낼 수 있을 것이다.

"……메구밍, 그 녀석을 폭렬—."

"폭렬마법으로는 동장군을 쓰러뜨릴 수 없어요. 겉보기에는 인간형 같지만 실은 그건 정령이거든요. 정령은 원래 실체를 지니지 못한 마력 덩어리 같은 존재예요. 그런 정령의 왕 같은 존재쯤 되면 마법 방어력도 엄청날 거예요. 폭렬마법은 그 어떤 존재에게도 대미지를 줄 수 있지만 일격에 해치우는 건 무리겠죠. ……그리고 솔직히 말해 그렇게 무시무시한 상대에게 폭렬마법을 날리고 싶지는 않아요."

무리구나. 내가 메구밍의 말을 듣고 고개를 푹 숙이자, 아쿠아는 잘난 척 하듯 씨익 웃었다.

"흐흥. 카즈마 너, 꽤나 실망한 것 같다? 하지만 나는 그냥 무릎만 꿇고 있지는 않았다구. 자아, 이걸 봐!"

아쿠아는 그렇게 말하면서 옷 안에서 조그마한 병을 꺼

냈다.

그 안에는 눈의 정령이 들어 있었다.

아무래도 그때, 눈의 정령을 전부 풀어준 게 아니라 한 마리는 남겨둔 것 같았다.

"오오! 잘했어, 아쿠아! 좋아, 그 녀석을 내놔! 지금 바로 토벌해주겠어."

나는 웬일로 한 건 해낸 아쿠아를 칭찬하면서 눈의 정령이 든 병을 빼앗으려 했다.

"뭐?! 아, 안 돼. 이 애는 가지고 가서 냉장고로 삼을 거야! 한여름에도 시원한 네로이드를 마시기 위해⋯⋯. 안 돼, 이 애만은 안 된다구우우우우! 이미 이름도 붙였단 말이야! 절대 죽이게 둘 수는 없어! 안 돼, 안 돼~!!"

눈의 정령이 든 병을 꼭 안아든 아쿠아는 그 자리에서 몸을 둥글게 말면서 저항하기 시작했다.

젠장, 한 마리 당 10만이나 되는 거액의 퇴치 보수를 받을 수 있는 몬스터지만—.

아쿠아는 오늘 나를 살려줬잖아. 아깝지만 그냥 봐주자.

길드에서 정산을 마친 후, 빚을 차감하고 남은 보수를 분배했다.

조금 이르지만, 오늘은 벌이가 꽤 좋았기 때문에 일찌감치 여관방을 잡고 쉬기로 했다.

되살아나고 얼마 지나지 않았기에 가능하면 무리를 하고 싶지 않았다.

그러나……. 하루 만에 번 것치고는 꽤 짭짤하기는 했지만, 그래도 빚에 비하면 언 발에 오줌 누기였다.

어두컴컴한 앞날에 직면한 나는 현실도피를 하듯 아까 만났던 에리스를 떠올렸다.

겉모습은 청초한 느낌의 미소녀다. 그리고 중요한 것은 그 겉모습 안에 든 내용물이다.

그 여신님은 죽은 나를 보고 안타까운 표정을 지으며 슬퍼했고, 특례로 되살아나게 해준 후에는 비밀이라고 말하면서 상냥한 미소를 지어 주었다.

이 세계에 와서 처음으로 연애 대상으로 삼을 만한 이성을 만난 것 같은 느낌이 들었다.

에리스의 얼굴을 떠올리는 사이, 순식간에 여관 앞에 도착했다.

"후훗, 이 애는 소중히 키워서 여름이 되면 얼음을 잔뜩 만들게 할 거야. 그리고 이 애와 빙수 가게를 열 거라구! 한여름 더위 때문에 잠이 안 올 때는 꼭 안고 자야지……! ……저기, 메구밍, 이 애가 뭘 먹는지 알아?"

"눈의 정령이 뭘 먹는지는 모르겠어요. 애초에 정령이 뭘 먹기는 하나요?"

"둥실둥실 떠다니고, 부드러워 보이는 게, 설탕을 뿌려서

먹으면 맛있을 것 같구나……."

내 등 뒤에 있는 세 사람은 색기라고는 눈곱만큼도 느껴지지 않는 대화를 나누고 있었다.

나는 여관 문에 달린 손잡이를 잡으면서 세 사람을 돌아보았다.

그리고 한 번 더 에리스 님의 청초한 모습을 떠올린 후…….

그 세 사람의 얼굴을 지그시 쳐다보았다.

""""……응?""""

그런 내 행동을 본 세 사람은 영문을 모르겠다는 표정을 지으면서 입을 다물었다.

"……하아."

""""앗!!""""

내 깊은 한숨 소리를 듣고 시끌벅적하게 항의를 해대는 세 사람의 목소리를 들으면서, 나는 여관의 문을 열었다.

7

—내가 동장군에게 살해당하고 며칠 후의 일이다.

"어이, 한 번 더 말해봐."

나는 분노를 억누르면서 정적이 흐르는 길드 안에서 그 남자에게 물었다.

며칠 전, 또 죽음을 경험했던 나는 며칠 동안 휴양을 취하면서 마음의 상처를 치료하는데 전념했다.

그리고 오늘, 아직도 격렬한 운동을 자제해야 하는 나는 간단한 짐꾼 일이라도 없는지 찾아보려고 길드 게시판을 둘러보고 있었는데—

"몇 번이라도 말해주지. 짐꾼 일이라고? 상급 직업이 잔뜩 있는 파티면 좀 더 제대로 된 퀘스트에 도전하라고. 뭐, 어차피 네가 다른 녀석들의 발목을 마구 잡는 거지? 안 그래? 최약체 직업 씨."

그렇게 말한 전사 풍의 남자는 같은 테이블에 앉아 있는 다른 동료들과 함께 웃음을 터뜨렸다.

참아야 한다.

나는 어른스러운 대응을 할 수 있는 남자다. 평소 아쿠아에게 듣는 조롱에 비하면, 이런 흔해빠진 술주정뱅이의 도발 따위는 아무 것도 아니다.

그리고 이 남자가 한 말에도 일리는 있었다.

확실히 내 동료들은 하나같이 문제가 있는 녀석들이기는 하지만, 그래도 이 녀석이 말한 것처럼 전부 상급 직업이다.

좀 더 제대로 활용만 한다면 더 짭짤한 수익을 기대할 수 있을지도 모른다.

게다가 내가 최약체 직업인 모험가인 것 또한 사실이다.

지금의 나에게는 대꾸할 말이 없다.

―하지만 그 남자는 내가 위축되어서 아무 말도 하지 못한다고 여긴 것 같았다.

"어이어이. 무슨 말이든 좀 해보라고, 최약체 직업. 저렇게 끝내주는 여자를 셋이나 데리고 다니면서 하렘 기분이라도 만끽하고 있는 거냐? 게다가 저 애들 전부 상급 직업이잖아. 매일 같이 저 누님들이랑 이런저런 기분 좋은 일 같은 거 잔뜩 하고 있겠지?"

길드 안에 있던 사람들은 그 말을 듣고 폭소를 터뜨렸다.

하지만 일전에 우리가 보였던 활약상을 기억하는 이들 중에는 그 말을 듣고 인상을 쓰면서 그들에게 주의를 주려고 하는 녀석도 있었다.

나는 무심코 주먹을 말아 쥐었지만, 그런 사람들 덕분에 참을 수 있었다. 인내할 수 있었다.

그렇게 인내심을 발휘하고 있는 나를 메구밍과 다크니스, 아쿠아가 위로했다.

"카즈마, 상대하지 마세요. 저는 전혀 개의치 않아요."

"그래, 카즈마. 술주정뱅이의 말 따위 그냥 한 귀로 흘려들어라."

"맞아. 저 남자, 우리를 데리고 다니는 카즈마를 질투하는 거야. 나는 전혀 신경 안 쓰니까 그냥 무시해버려."

그렇다. 눈앞에 있는 이 남자는 만화에 자주 나오는 전형적인 삼류 조무래기다.

신경 쓸 가치도 없는 것이다.

나는 이를 악물면서 참으려고 했지만, 그 남자가 마지막으로 입에 담은 말만은 참을 수 없었다.

"상급 직업 동료들에게 업혀 다니니 편해서 좋겠다? 고생 같은 적도 해본 적 없을 테니 정말 부러워 죽겠는걸! 어이, 형씨. 나랑 바꾸자. 응?"

"기쁜 마음으로 바꿔주마아아아아아아아아아아아아앗!!"

나는 절규하는 듯한 목소리로 외쳤다.

그 순간, 모험가 길드 안에 정적이 흘렀다.

"……엥?"

나를 향해 헛소리를 해대던 전사로 보이는 남자가 술컵을 한 손에 든 채 얼간이 같은 소리를 냈다.

"바꿔주겠다고! 어이, 너. 아까부터 잠자코 듣고 있었더니 말도 안 되는 소리나 잔뜩 지껄여대고?! 그래, 나는 최약체 직업이야! 그건 인정해주지. ……하지만 말이야! 너, 너, 방금 뭐라고 했어!"

"카…… 카즈마?"

내가 갑자기 분노를 터뜨리자, 아쿠아는 당황한 목소리로 나에게 말을 걸었다.

그리고 갑자기 분노를 터뜨린 나 때문에 약간 당황한 듯한 그 남자가 입을 열었다.

"그, 그 다음에? 끝내주는 여자를 셋이나 데리고 다니면서 하렘 기분이라도 만끽하고 있는 거냐고……."

나는 있는 힘껏 주먹으로 테이블을 내려쳤다.

그 소리 때문에 길드 안에 있는 모든 사람들이 화들짝 놀랐다.

"끝내주는 여자! 하렘!! 하렘이라고?! 어이, 너의 그 대가리에 달린 건 눈알이 아니라 유리구슬이냐? 대체 어디에 끝내주는 여자가 있다는 거야! 내 탁한 눈알에는 그림자도 안 보이는데 말이야! 너, 좋은 유리구슬을 달고 있구나! 내 탁한 눈알과 바꿔주지 않을래?!"

"""어, 어라?!"""

내 말을 들은 세 사람은 각각 자신을 손가락으로 가리키면서 그렇게 말했다.

"어이! 가르쳐달라고! 끝내주는 여자가 대체 어디 있는데? 어디 있냔 말이다! 너, 내가 부럽다고 했지?! 아앙? 말했잖아!"

그 남자의 멱살을 잡은 내 등 뒤에서 목소리가 들려왔다.

"저…… 저기……."

세 사람을 대표하듯 머뭇거리면서 손을 든 아쿠아가 기어들어가는 목소리로 나에게 말을 걸었다.

하지만 나는 그런 그녀를 무시한 채 말을 이었다.

"그리고 그 다음에 뭐라고 했어? 상급 직업에게 업혀 다녀서 편하겠다고?! 고생 같은 걸 해본 적 없을 거라고오오오오오오옷?!"

"……저, 저기, 미, 미안……. 나도 술기운에 말이 좀 심했어……. 하, 하지만 말이야! 남의 떡이 더 커 보인다고나 할까……. 아무튼, 너는 완전 축복받은 처지라고! 바꿔주겠다고 했지? 그럼 하루. 오늘 하루만 바꿔줘, 모험가 씨. 어이, 너희도 괜찮지?!"

나한테 멱살을 잡힌 남자는 같은 테이블에 앉은 동료들을 둘러보면서 말했다.

"나, 나는 괜찮아……. 어차피 오늘 퀘스트는 고블린 사냥이니까 말이야."

"나도 좋아. 하지만 더스트. 너, 저쪽 파티가 너무 좋다고 우리 파티로 돌아오지 않겠다 같은 소리는 하지 마."

"나도 상관없어. 고블린 정도는 햇병아리 한 명 데리고도 얼마든지 퇴치할 수 있거든. 그 대신, 재미있는 이야깃거리를 잔뜩 가지고 돌아오라고."

나에게 시비를 건 남자와 같은 테이블에 앉아 있던 이 녀석의 동료들이 차례차례 입을 열었다.

"저기, 카즈마. 멋대로 일을 벌이고 있는 같은데, 우리 의견 같은 건 들어보지도 않는 거야?"

"안 들어. 어이, 내 이름은 카즈마야. 오늘 하루 동안 잘 부탁해!"

""""으, 응······.""""

나한테 시비를 걸었던 남자의 동료들은 약간 당황한 듯한 목소리로 대답했다.

8

검과 방패, 그리고 중장갑 갑옷을 장비한 남자가 내 실력을 파악하려는 듯이 살펴보면서 말했다.

"나는 테일러. 한손검을 쓰는 《크루세이더》야. 이 파티의 리더 격이기도 해. 의도했던 건 아니지만 오늘 하루 동안 우리의 파티 멤버가 됐으니, 내 명령에는 가능한 한 따라줘."

"물론이야. 평소에는 내가 지시를 내려야 했지만, 이번에는 지시대로 움직이기만 하면 되니 편할 것 같네. 신선하기도 하고 말이야. 아무튼, 잘 부탁해."

테일러는 내 말을 듣고 놀란 표정을 지었다.

"뭐? 상급 직업만 잔뜩 있는 파티에서 모험가인 네가 리더였던 거야?"

"그래."

내가 당연하다는 듯이 고개를 끄덕이자, 그 세 사람은 경악했다.

테일러의 뒤를 이어 파란색 망토를 걸친 아직 앳되어 보

이는 소녀가 입을 열었다.

"나는 린. 보다시피 《위저드》야. 마법은 중급 마법까지 쓸 수 있어. 잘 부탁해. 고블린은 진짜 별거 아니니까 걱정하지 마. 내가 지켜줄게, 햇병아리 소년!"

그 애는 나를 자기보다 어린 후배처럼 대하면서 빙긋 웃었다.

아마 내가 연상이겠지만 말이다. 아무튼, 마법사가 파티에 있다니 마음이 든든했다. 여러모로 도움을 받아야겠다.

"나는 키스. 《아처》야. 저격에는 자신있어. 뭐, 잘 부탁해."

활을 등에 멘 가벼워 보이는 인상의 남성이 웃으면서 나에게 말을 걸었다.

"나도 잘 부탁해. 내 이름은 카즈마. 클래스는 모험가야. ……으음, 나도 특기를 밝힐까?"

내 말을 들은 세 사람은 웃음을 터뜨렸다.

"아니, 괜찮아. 그리고 원래 짐꾼 일거리를 찾고 있었지? 카즈마는 우리 짐이나 옮겨줘. 고블린 정도는 우리 셋이서 토벌할 수 있거든. 그리고 퀘스트 보수는 공평하게 4등분할 거니까 걱정하지 말라고."

테일러는 놀리는 듯한 어조로 그렇게 말했지만, 그런 건 아무래도 좋다.

상급 직업에게 업혀 다녀서 편하겠다는 말을 들었지만,

짐꾼만 하고 보수를 받는 게 더 편하다고. 진짜 그래도 되는 거야?

뭐, 이 녀석들이 제안한 거니까 사양 말고 받아들이자.

—바로 그때, 퀘스트가 붙어 있는 게시판 쪽에서 귀에 익은 목소리가 들렸다.

"으음, 고블린 퇴치~? 왜 마을 근처에 그런 놈들이 나온 거야? 그것보다 좀 더 짭짤한 거물을 노리지 않을래? 하루 동안이라고는 해도 다른 파티에 대여된 카즈마에게 우리가 얼마나 고마운 존재인지 톡톡히 알려줘야 한단 말이야."

아쿠아는 나에게 시비를 걸었던 남자에게 그런 말도 안 되는 소리를 하고 있었다.

"그, 그게 말이야. 너희 실력이 엄청나다는 건 알지만, 내 실력은 너희에게 미치지 못하거든. 아크 프리스트에 아크 위저드, 그리고 크루세이더. 이런 상급 직업이 모여 있으면 그 어떤 상대라도 가볍게 해치울 수 있겠지만, 이번에는 좀 무난한 퀘스트를 하자. ……그런데 너. 갑옷도 무기도 없어 보이는데, 설마 그 상태로 갈 생각인 거야?"

"괜찮다. 튼튼한 거 하나만큼은 자신있고, 무기를 들고 있어봤자 어차피 맞추지도 못하니까 말이다."

"맞추지도 못한다고……? 아니, 그게……, ……어? 뭐, 뭐어, 됐어……."

다크니스와 그런 이야기를 나누고 있는 저 녀석은 이번에는 무난한 퀘스트를 맡자고 말하고 있었다. 설마 다음에도 저 녀석들과 파티를 짤 생각인 걸까?

뭐, 나는 아무래도 상관없지만 말이다.

테일러는 저쪽 파티를 약간 신경 쓰는 기색을 보이면서 자리에서 일어났다.

"원래 이 시기에는 일을 하지 않지만, 고블린 토벌 같은 짭짤한 일거리까지 마다할 수는 없지. 이번 임무는 산길을 점거하고 있는 고블린을 퇴치하는 거야. 지금 출발하면 한밤중에는 돌아올 수 있겠지. 그럼 신참. 지금 바로 출발하자."

9

고블린.

그것은 나의 세계는 물론이고, 이세계 사람들 중에서도 모르는 사람이 없는 유명한 몬스터다.

게임에서는 주로 졸개 몬스터로 묘사되지만, 이쪽 세계의 민간인들은 이 녀석들을 의외로 위험시하고 있다고 한다.

각 개체는 그렇게 세지 않지만, 기본적으로 무리를 지어 행동하며 무기도 사용한다.

야생의 아인종답게 움직임은 빠르고, 몸집이 작은데도 흉포하며 인간과 가축을 주로 노린다고 한다.

보통은 숲에서 살지만, 이번에는 옆 마을로 이어지는 산길에 고블린이 눌러앉았다고 한다.

우리는 산으로 이어지는 초원을 느긋하게 걸었다.

"그건 그렇고, 왜 고블린이 그런 곳에 눌러앉은 거지? 뭐, 덕분에 고블린 토벌 같은 짭짤한 일거리가 생겼지만 말이야!"

고블린 한 마리 당 2만 에리스.

고블린이 얼마나 강한지는 모르지만, 린이 짭짤한 일거리라고 말하는 것을 보면 보수에 비해 약한 것이리라.

나는 짐을 짊어지고 세 사람의 뒤를 따라다니기만 해도 보수를 받을 수 있다.

이렇게 긴장감이 느껴지지 않는 퀘스트를 맡은 것은 처음일지도 모른다.

평소 같으면 동료들이 성가신 일이나 골치 아픈 일을 일으켰겠지만, 오늘은 별다른 문제없이 목적지인 산에 도착했다.

산이라고 해도 일본에서 볼 수 있는 녹음이 우거진 산이 아니라 갈색을 띤 지면과 바위가 훤히 드러나 있는 민둥산이었다.

곳곳에 수풀이 조금 있을 뿐이어서, 고블린이 이렇게 자연의 은혜를 거의 받지 못한 곳으로 이사온 것이 이상하게 느껴졌다.

평소 멤버들과 함께였다면 별다른 문제없이 퀘스트가 진

행되고 있다는 사실에 불안을 느꼈겠지만, 오늘은 안도감을 느끼고 있었다.

이것은 분명 제대로 된 파티와 함께하고 있기 때문이리라.

테일러는 멈춰서더니 지도를 펼쳤다.

"고블린이 목격된 곳은 이 산 꼭대기 너머에 있는 지점인 것 같아. 산길 옆에 고블린이 살기 좋은 동굴이 있을지도 몰라. 그러니까 여기서부터는 조금 긴장하도록 해."

나는 테일러의 지시를 듣고 감동하고 말았다.

이거야. 모험가라면 당연히 이런 대화를 나눠야한다고…….

적진 한복판에 돌격하고 싶다든가, 왠지 폭렬마법을 날리고 싶다든가, 빨리 돌아가서 술이나 마시고 싶다든가, 그런 소리를 하는 게 이상한 거란 말이다.

전원이 시선을 마주하면서 아무 말 없이 고개를 끄덕였다.

산에 있는 커다란 바위 사이로 외길인 산길이 가늘게 나 있었다.

대여섯 명 정도가 옆으로 나란히 서서 걸을 수 있을 정도의 넓이지만, 길 한편에는 벽을 연상케 하는 커다란 바위가 있고 반대편은 절벽이었다.

나는 그대로 아무 말 없이 산길을 걷다 불현듯 뭔가를 눈치챘다.

"적 탐지를 통해서 뭔가가 산길을 따라 이쪽으로 오고 있는 게 느껴져. 하지만 한 마리네."

적 탐지 스킬이 반응을 보였다. 하지만 그 반응은 하나였다.

고블린은 무리를 지어서 행동하는 걸로 알고 있는데?

한편, 다른 세 사람은 내 말을 듣고 깜짝 놀란 표정을 지으며 나를 쳐다보았다.

"……카즈마. 너, 적 탐지 스킬을 가지고 있는 거야? 그리고 한 마리라고? 그럼 고블린은 아니겠네. 이런 곳에서 혼자서 행동하는 강한 몬스터는 없을 텐데……. 이 산길은 외길이야. 저기 있는 수풀에 숨어봤자 금방 들키겠지. 맞서 싸워야 하나?"

테일러는 방패를 고쳐 쥐면서 그렇게 말했지만…….

"수풀에 숨어도 들키지는 않을 거야. 나, 잠복 스킬을 가지고 있거든. 이 스킬은 스킬 사용자와 몸을 맞대고 있는 파티 멤버에게도 효과가 있어. 적당한 수풀이 모처럼 근처에 있으니, 일단 숨을까?"

세 사람은 내 말을 듣고 놀라면서도 수풀에 숨었다.

역시 경험 많은 모험가 파티다웠다.

상대가 뭔지 모르는 경우에는 싸움을 피하며 상황을 살피는 것이 정석이다.

조심성이 많은 것은 부끄러워할 일이 아니다. 조심성이 없어서 죽는 게 부끄러운 일인 것이다.

평소의 내 동료들이라면 이렇게 순순히 숨지는 않았을 거라고 수풀 속에서 생각하고 있을 때—.

그것이 나타났다.

한 마디로 표현하자면, 고양잇과 맹수다.

호랑이나 사자보다 몸집이 더 큰 그 녀석은 검은 털로 온몸이 뒤덮여 있으며, 입에는 사벨타이거처럼 커다란 송곳니 두 개가 달려 있었다.

그 녀석은 우리가 방금 지나온 산길의 지면에 얼굴을 대더니 킁킁거리며 신경질적으로 냄새를 맡아댔다.

그 모습을 본 린은 허둥지둥 자신의 입을 손으로 막았다.

공포에 질려서 비명을 지를 뻔 한 걸지도 모른다.

잠복 스킬을 발동중인 내 몸에 손을 댄 세 사람은 긴장했는지 손에 힘을 줬다.

이 세 사람이 이렇게 긴장한 것을 보면 저것은 상당히 위험한 몬스터일지도 모른다.

—그 녀석은 한 동안 냄새를 맡은 후, 이윽고 우리가 아까 지나왔던 길 쪽으로 사라졌다.

"……푸하! 무무무무, 무서웠어! 초보자 킬러! 초보자 킬러라구!"

린이 울먹거리는 것을 보면, 역시 상대는 꽤나 위험한 녀석이었던 것 같았다.

"시, 심장이 멎는 줄 알았네! 사, 살았어……. 고블린은 초보자 킬러에게 쫓겨서 어쩔 수 없이 마을 근처의 산길로 이사온 건가 보네."

"으, 응……. 하지만 골치 아픈 걸. 하필이면 우리가 왔던 방향으로 갔잖아. 이래서는 마을로 도망칠 수도 없겠어."

키스와 테일러가 그렇게 말했다.

"저기, 방금 그 녀석이 그렇게 위험한 몬스터야?"

내가 그렇게 묻자, 세 사람은 내가 저 몬스터를 모른다는 사실이 믿기지 않는다는 듯한 눈길로 나를 쳐다보았다.

"초보자 킬러. 저 녀석은 고블린과 코볼트처럼 풋내기 모험가가 경험을 쌓기 딱 적당한 몬스터의 주위를 어슬렁거리다가, 약한 모험가들을 사냥해. 즉, 고블린을 미끼삼아 모험가들을 낚는 거지. 게다가 고블린이 한곳에 정착하지 않도록 고블린 무리를 정기적으로 공격해서 사냥터를 바꾸기까지 해. 정말 교활하고 위험도가 높은 몬스터라고."

"우와, 무시무시하네."

몬스터조차도 그런 지혜를 발휘하는 시대구나.

그 초보자 킬러의 발톱이라도 달여서 아쿠아에게 먹여주고 싶은걸.

"아무튼 고블린 토벌 퀘스트나 해둘까? 초보자 킬러는 모험가를 끌어들일 미끼인 고블린들을 다른 적들로부터 지키는 게 특징이야. 그러니 고블린을 토벌하고 수풀에 숨어 있으면 우리가 쓰러뜨린 고블린의 피 냄새를 맡고 아까처럼 우리가 숨어있는 수풀을 지나갈지도 몰라. 그 녀석이 접근하더라도 적 탐지로 알 수 있는데다. 언제 돌아올지 알 수 없는 초보자 킬러를 기다리며 계속 숨어있을 수도 없잖아. 우선 목적지로 향하자."

테일러의 제안에 동의한 우리는 수풀에서 나왔다.

……바로 그때, 린이 내가 짊어진 짐의 일부를 들면서 말했다.

"만약 초보자 킬러와 마주치면 다 같이 도망쳐야 할 테니까, 카즈마도 몸이 가벼운 편이 좋을 거야. 나도 짐을 좀 들게. 대, 대신, 네 잠복과 적 탐지 스킬에 의지 좀 할게."

자신의 짐을 짊어진 린이 머뭇거리면서 말했다.

린의 말을 들은 테일러와 키스도 허둥지둥 내가 멘 짐을 향해 손을 뻗었다.

""따, 딱히, 카즈마한테 기대는 건 아니거든?""

어이쿠, 츤데레 모드 감사합니다.

10

초보자 킬러가 돌아오는 기척이 느껴지지 않기에 산길을 계속 올라간 우리는 테일러가 가지고 있는 지도대로 산길이 내리막이 되는 지점에 도착했다.

고블린이 목격된 것은 이 주변인 것 같았다.

테일러는 이쪽을 둘러보았다.

"카즈마, 어때? 적 탐지 스킬은 반응을 보이고 있어?"

물론이죠. 그것도 왕창 있어요.

"이 산길 아래쪽의 모퉁이 너머에 잔뜩 있어. 우리가 왔던 길 쪽에서 초보자 킬러가 다가오는 기척은 아직 느껴지지 않아."

하지만 기척이 많았다. 열 개는 가볍게 넘어 보였다.

너무 많아서 셀 수가 없었다.

"잔뜩 있는 걸 보면 고블린이 틀림없어. 고블린은 무리지어 다니거든."

키스가 가벼운 어조로 그렇게 말하자 약간 불안해진 내가 물었다.

"나는 고블린과 싸워본 적이 없어서 모르는데, 그 녀석들은 원래 이렇게 많은 숫자가 떼 지어 다니는 거야? 보통은 몇 마리가 몰려다니는데? 현재 탐지된 것만 해도 세기 힘들 정도의 숫자라고."

그런 내 말을 듣고 린도 약간 불안해진 것 같았다.

"저, 저기, 그렇게 많아? 카즈마가 저렇게 말하니까, 몇 마리나 있는지 몰래 살펴본 후에 이길 수 있을 것 같으면……."

린이 거기까지 말한 순간이었다.

"괜찮아! 카즈마만 활약하게 놔둘 수 없지! 좋아, 가자!"

키스는 고함을 지르면서 고블린이 있을 내리막길 모퉁이

너머로 몸을 날렸다.

그 뒤를 이어 테일러도 뛰쳐나갔다. 그리고 두 사람은 동시에 고함을 질렀다.

""우왓! 많아!!""

고함을 친 두 사람의 뒤를 이어, 나와 린도 모퉁이를 돌았다.

—그곳에는 서른 마리는 넘어 보이는 고블린 무리가 있었다.

이게 그 유명한 고블린이구나! 새끼 도깨비처럼 생겼네!

몸집은 초등학교 저학년생과 비슷해 보였지만, 대부분이 무기를 들고 있었고 다들 이쪽을 쳐다보고 있었다.

꽤나 위험한 상황이었다.

그 모습을 본 린이 질린 듯한 표정을 지으며 외쳤다.

"말했잖아! 내가 말했잖아! 몇 마리나 되는지 몰래 살펴보자고 내가 말했잖아!!"

울먹이고 있는 린, 그리고 아처인 키스를 감싸듯 테일러가 산길 모퉁이 부분에서 앞으로 나섰다.

"고블린은 많아봤자 열 마리 정도가 뭉쳐 다니는 게 보통이잖아? 젠장, 이대로 도망쳤다간 초보자 킬러에게 걸려서 앞뒤로 협공을 당할 가능성이 높아! 이대로 싸우자!"

테일러가 그렇게 외치자, 린과 키스는 비장감 넘치는 표정을 지으면서 공격 준비를 시작했다.

그 모습을 본 고블린이 괴성을 지르더니 우리를 공격하기 위해 산길을 뛰어올라왔다!

여기는 산길이며, 길 한쪽은 절벽이다.

"기갓! 키이, 키잇!"

그리고 우리는 현재 언덕 위편에 자리 잡고 있다.

"아얏! 젠장, 화살을 맞았어! 어이! 활을 든 고블린이 있어! 린, 바람의 방어 마법을 펼쳐줘!"

"린이 영창하고 있기는 하지만 이미 늦었어! 다들 알아서 피해!"

테일러와 키스가 고함을 지른 순간─.

"『윈드 브레스』!"

내가 반사적으로 펼친 초급 바람 마법이 우리를 향해 날아오는 화살을 튕겨냈다.

"카, 카즈마! 자, 잘했어!"

방패를 든 테일러가 나한테 그렇게 말한 순간, 린의 마법이 완성된 것 같았다.

"『윈드 커튼』!"

그와 동시에 우리 네 사람의 주위에서 바람이 소용돌이치기 시작했다.

그래, 이게 마법이야!

이게 바로 마법사가 펼치는 제대로 된 지원 마법이라는 거라고!

그녀가 펼친 것은 화살을 빗나가게 만드는 마법 같았다.

이런 게 진짜 마법사구나, 라고 생각하면서 감동한 나는 큰 목소리로 외쳤다.

"이런 지형에서는 이런 작전이 제격이지! 『크리에이트 워터』!"

나는 초급 물 마법을 시전하여 대량의 마력을 쏟아 부었다. 그러자 많은 양의 물이 생성되었다.

그리고 그 물을 테일러가 가로막은 전면의 내리막길에 쏟아 부었다.

"카즈마?! 대체 뭐하는……."

등 뒤에서 들려오는 의문으로 가득 찬 린의 목소리를 들으면서 나는 초급 빙결 마법을 전력을 다해 펼쳤다!

"『프리즈』!"

""""오옷!!""""

나 이외의 세 사람이 놀라면서 경악한 순간, 고블린들의 발치가 얼음으로 뒤덮였다.

일전에 마왕군 간부를 상대할 때도 써먹었던 작전이다. 고블린들은 발치가 얼음으로 뒤덮이자 그대로 미끄러지면서 넘어졌다.

얼음 위에서 균형을 잡으면서 여기까지 올라오느라 자세가 불안정한 고블린을 메마른 지면 위에 서있는 테일러가 손쉽게 베어 넘겼다.

이 상황에서라면 부상을 입을 일도 없겠지!

검을 뽑아든 나는 테일러의 옆에 서며 외쳤다……!

"테일러! 이 상황에서도 여기까지 올라온 고블린은 둘이서 해치우자! 올라오지 않는 고블린은 원거리 공격이 가능한 다른 두 사람에게 맡길게!"

파티 멤버들과 연계하면서 가벼운 감동을 느낀 나는 밝은 목소리로 그들에게 말했다.

"자, 잘했어, 카즈마! 자, 다 같이 해치워버리자! 이 상황에서라면 적이 얼마나 많든 문제될 게 없어! 고블린 따위다 해치워버리자고!"

"우햐햐햐! 완전 누워서 떡먹기잖아! 전부 벌집으로 만들어주마!"

"자! 강력한 마법을 저 녀석들의 한 가운데에다 날려주겠어~!"

텐션이 한껏 높아진 우리는 고블린 무리를 공격했다!

11

고블린 무리를 토벌하고 돌아오는 길.

"……크큭, 그런 식으로 마법을 쓴다는 이야기는 들어본 적도 없어! 초급 마법이 제일 활약했잖아!"

"동감이야~! 나, 마법학원에서 초급 마법 같은 건 익혀봤자 스킬 포인트 낭비라고 배웠다구! 후훗, 후후훗, 하지만 엄청 쓸모 있네!"

"우햐하하하! 이, 이렇게 쉽게 고블린을 해치운 건 처음이야! 나, 그 고블린 무리를 본 순간, 우린 이제 다 틀렸다고 생각했다고!"

우리는 산길을 통해 마을로 돌아가면서 아까 벌였던 전투를 떠올렸다.

여전히 텐션이 치솟은 상태에서 그 이야기로 여념이 없는 세 사람을 향해······.

"어이, 전투 끝났으면 짐 내놔. 최약체 직업인 모험가는 짐이나 들어야 하잖아?"

나는 히죽거리면서 빈정거림 섞인 농담을 건넸다.

"아, 잘못했어. 진짜로 잘못했다고, 카즈마! 사과할게. 앞으로는 모험가라고 바보 취급 안 할게!"

"미, 미안해, 카즈마! 그, 그것보다 왜 최약체 직업이라는 모험가가 가장 활약하는 거야?! 완전 이상하잖아!"

"어이, 카즈마! 짐 내놔! 오늘의 MVP는 너니까 네 짐도 들어줄게!"

세 사람이 갑자기 당황하자, 나는 무심코 웃음을 터뜨렸다.

그런 나를 보고 내가 농담을 한 거라는 사실을 눈치챈 세 사람도 웃음을 터뜨렸다.

아아, 좋네.

이게 바로 모험가 파티라는 거지.

"으으……. 아야야……."

테일러가 팔을 움켜쥐면서 얼굴을 찡그렸다.

아까 전투 때 화살을 맞았던 테일러가 여전히 꽂혀 있던 화살을 뽑았다.

"어이, 괜찮아? 회복 마법을 이 자리에서 습득해도 괜찮지만, 소독약 같은 게 없다면 마을에 돌아갈 때까지는 상처가 아물지 않는 편이 좋을 거야. 마을에 돌아가면 상처 부위를 소독한 후 회복 마법을 걸어줄게."

내가 태연한 어조로 테일러에게 그렇게 말하자, 린과 키스가 마른 침을 꿀꺽 삼켰다.

"카즈마 너, 회, 회복 마법도 배울 수 있는 거야……?"

"회복 마법……. 드, 드디어 우리 파티에도 회복 마법을 쓸 수 있는 멤버가……."

무슨 말을 하려 하는 두 사람을 테일러가 막았다.

"어이, 그만해. 카즈마는 돌아가야 할 장소가 있다고. 상급 직업만 잔뜩 있는 파티가 말이야. ……하아, 최약체 직업인 카즈마가 왜 상급 직업이 잔뜩 있는 파티에서 리더를 맡고 있는지 이제 알겠어."

테일러는 그렇게 말하면서 나를 향해 미소 지었다.

나는 자신이 왜 그 파티에서 문제아들을 돌봐야하는 건

지 아직도 모르겠지만, 테일러는 그 이유를 안 것 같았다.

다음에 가르쳐달라고 해야겠다.

우리는 산에서 내려와, 마을로 이어지는 초원 지대에 들어섰다.

—그리고, 생각났다.

주의해야 할 상대가 있다는 사실을 말이다.

"어라? 뭔가가 엄청난 기세로 우리를 향해 다가오고 있지 않아?"

역시 아처는 시력이 좋은 것 같았다.

가장 먼저 그 사실을 눈치챈 이는 바로 키스였다.

그 뒤를 이어 나도 적 탐지로 눈치챘다.

저녁노을이 드리워진 초원 지대의 한 가운데에 있는 우리를 향해 검은 짐승이 달려오고 있다는 사실을 말이다.

"초보자 킬러!"

내가 그 말을 외친 순간, 우리 네 사람은 일제히 마을을 향해 내달렸다.

"하아……, 하아……! 젠장, 하필이면 막바지에 이딴 일이 터지는 거냐고!"

키스가 거친 숨을 내쉬면서 욕설을 토했다.

"하아, 하아……. 크, 큰일났어~, 따라잡히겠다구~!"

그 말에 대답하듯, 울상을 지은 린이 거친 숨을 내쉬면서 중얼거렸다.

초보자 킬러는 우리의 등 뒤까지 다가와 있었다.

마을까지는 아직 꽤 거리가 있었다. 이대로 가다간 따라 잡히고 말 것이다.

결국 선두에서 달리던 테일러가 뒤돌아서더니, 검을 뽑아 들면서 외쳤다.

"린! 이대로 있다간 따라잡힐 거야! 너는 카즈마를 데리고 마을로 도망쳐! 내가 저 녀석의 발을 묶을 테니까, 키스는 엄호를 해줘! 그리고 너희는 길드로 뛰어가서 지원군을 데리고 와!"

"오옷?! 그, 그래! 나, 나, 나만 믿어! 카즈마는 다른 파티 사람인데도 오늘 가장 활약했어! 그러니 이번에는 우리가 활약할 차례라고!"

우와, 멋지네!

여기는 우리한테 맡기고 먼저 가, 같은 소리를 하고 있잖아!

"아, 알았어! 가자, 카즈마!"

나에게 말을 건 린이 내 손을 잡고 달리려고 했다.

―하지만 오늘 하루 동안이라고 해도 이 녀석들은 내 파티 멤버다.

그런 녀석들을 두고 간다는 선택지는 나에게 존재하지

않았다.

어느새 초보자 킬러는 코앞까지 다가와 있었다.

그 녀석의 표적은 자신을 막아선 테일러였다.

"자, 잠깐만! 카즈마?! 도망 안 칠 거야?!"

내가 린의 손을 뿌리치며 멈춰 서자, 그녀는 당황한 목소리로 그렇게 외쳤다. 나는 그 말을 들으면서 초보자 킬러에게 들키지 않게 작은 목소리로 중얼거렸다.

"『크리에이트 어스』."

내 손바닥 위에 소량의 바슬바슬한 흙이 생성되었다.

"어, 어이, 카즈마! 위험하니까 빨리 도망쳐!"

당황한 키스의 목소리를 들으면서 방금 만들어낸 흙을 움켜쥔 나는 테일러의 오른쪽 뒤편에 섰다.

"우랴아아아아앗! 덤벼, 이 털북숭이야!"

테일러가 고함을 질렀다.

그런 테일러를 향해 초보자 킬러가 달려들었다.

"『윈드 브레스』!"

그 순간, 나는 손바닥 위의 흙을 초보자 킬러를 향해 들면서 큰 목소리로 외쳤다.

"캬앙!"

테일러를 덮치려한 순간, 느닷없이 옆에서 날아온 흙을 얼굴에 정통으로 맞은 초보자 킬러는 눈에 흙이 들어갔는지 지면에 몸을 웅크렸다.

그리고 눈이 보이지 않는 상태에서도 우리를 위협하듯 으르렁거렸다.

"크샤앗!"

"자, 잠깐만?! 어? 어엇?!"

아직도 무슨 일이 일어났는지 이해하지 못한 테일러 일행을 향해…….

"어이, 지금이야! 도망치자아아앗!!"

—마을은 아직도 꽤 떨어진 곳에 있다.

하지만 초보자 킬러의 기척은 느껴지지 않았다.

교활한 몬스터라고 불리는 녀석인 만큼, 마을 근처까지 쫓아오지는 않을 것이다.

"따, 따돌린 건가?"

테일러가 숨을 고르면서 중얼거렸다.

"하아……. 하아……. 따, 따돌린 것 같지?"

린이 걸음을 멈추고 몇 번이고 뒤를 돌아보면서 말했다.

"……훗……. 후훗……. 후헤헤헤헷……."

키스는 더 참을 수 없다는 듯이 몸 깊은 곳에서 솟구쳐 올라온 듯한 웃음을 흘렸다.

어, 어이, 왜 그래. 공포 때문에 정신이 이상해지기라도 한 거야?

—하지만 키스의 웃음소리가 전염된 것처럼…….

"크…… 큭, 크크큭……!"

"아하……. 아하하하……. 아하하하하하핫!"

강적에게서 도망치는데 성공했기 때문일까, 어느새 나를 비롯한 전원이 함께 웃음을 터뜨렸다.

"어이, 방금 그건 뭐야! 카즈마, 너 대체 뭘 한 거냐고! 푸하하하하핫!"

테일러가 내 등을 세게 두들겼지만, 지금은 그 고통조차 기분 좋게 느껴졌다.

기분이 좋아진 나는 테일러의 갑옷을 두드렸다.

"초급 마법이야, 초급 마법! 나는 모험가야! 초급 마법 외에는 스킬 포인트가 너무 많이 들어서 익힐 수가 없다고! 와하하하하!!"

"이런 모험가가 있다는 게 말이 돼?! 우햐햐하핫! 배, 배아파! 살아있어! 우리는 초보자 킬러와 마주치고도 살아있다고!"

"말도 안 돼~! 이 애, 여러모로 말도 안 된다구~! 대체 지력이 얼마나 높은 거야?! 저기, 카즈마! 모험가 카드 좀 보여줘!"

나는 순순히 린에게 카드를 내밀었다.

"어…… 어라? 지력은 평범하네. 다른 스테이터스도……. 어, 어머?! 이 애, 행운이 엄청 높아!!"

린의 말을 들은 다른 두 사람도 내 카드를 쳐다보았다.

"우왓, 이게 뭐야?!"

"어, 어이. 이번에 퀘스트가 운 좋게 잘 풀렸던 건 카즈마의 행운 덕분이었던 거 아냐? 다들, 기도드려! 그럼 뭔가 좋은 일이 생길지도 모른다고!"

행운은 딱히 상관이 없을 거라고 생각한다.

접수 카운터의 누님도 모험가에게 행운은 그다지 필요 없다고 했었으니까 말이다.

게다가 내가 진짜로 운이 좋았다면 그딴 녀석들과 파티를 짜게 됐을 리가 없다.

하지만 테일러와 다른 두 사람은 나를 향해 합장을 하면서 공손히 기도를 했다.

"어, 어이. 다들 그만해……. 그것보다 커피라도 한 잔 할래? 나, 깨끗한 물도 만들 수 있고, 불도 피울 수 있다고."

나는 세 사람을 향해 미소를 지으면서 머그컵을 꺼냈다.

12

우리는 한밤중이 되어서야 모험가 길드에 도착했다.

우리는 토벌 보수를 받는 것 외에도 초보자 킬러가 나타났다는 것을 보고해야만 한다.

하지만 테일러의 말에 따르면 고블린 무리를 전멸시켰으

니 초보자 킬러는 새로운 고블린을 찾기 위해 이곳을 떠날 거라고 했다.

"도, 도착했어어어어엇! 오늘은 왠지 엄청난 대모험을 한 것 같은 기분이야!"

우리는 린의 말을 들으면서 길드의 문을 열었다—

"훌쩍……. 훌쩍……. 흐, 흑……. 아……. 카, 카즈마아아 아아……."

흐느껴 우는 아쿠아를 본 나는 아무 말 없이 문을 닫았다.

"어이! 네 마음은 죽도록 이해가 되지만, 그래도 문을 닫지는 말라고!"

닫힌 문을 부리나케 열더니 울상을 지으면서 나에게 매달린 이는 오늘 아침에 나에게 시비를 걸었던 그 남자였다.

더스트라는 이름의 남자는 아쿠아 일행의 새로운 리더다.

그들의 꼴은 말이 아니었다.

더스트는 등에 메구밍을 업고 있었고 아쿠아는 눈이 까 뒤집힌 상태에서 기절한 다크니스를 등에 업은 채 울고 있었다.

유심히 보니 아쿠아의 머리에는 커다란 이빨 자국이 나 있었고, 침 같은 걸로 범벅이 되어 있었다.

"……뭐가 어떻게 된 거야? 아, 얼추 상상이 돼. 무슨 일이 있었는지 대충 알겠으니까 안 들을래."

"내 말 좀 들어봐! 들어보라고!! 내가 잘못했으니까 제발

들어줘! 마을을 나선 후, 우선 각자가 어떤 스킬을 쓸 수 있는지 물어봤어. 그랬더니 이 애가 폭렬마법을 쓸 수 있다고 하기에 대단하다고 칭찬해줬거든? 그랬더니 자신의 힘을 보여주겠다면서 아무 것도 없는 초원을 향해 자신의 모든 마력을 쏟아부은 폭렬마법을 무의미하게 날리더니⋯⋯."

울먹거리면서 나에게 신세한탄을 하는 더스트의 말을, 나는 귀를 막으면서 들리지 않는 척 했다.

"어이, 내 말 좀 들어보라고! 그랬더니 초보자 킬러가 나타났다고! 폭발의 굉음을 들었는지 초보자 킬러가 나타났는데, 믿었던 마법사는 쓰러져 버렸지, 도망치자고 했는데도 크루세이더는 갑옷도 입지 않으면서 돌진하지⋯⋯! 그래서 결국⋯⋯."

"어이, 다들. 초보자 킬러가 나타났다는 건 이 녀석이 보고한 것 같으니까 느긋하게 밥이나 먹자. 새로운 파티 결성을 축하하며 건배하자고!"

"""오오오오옷!!"""

내 말을 들은 테일러와 키스, 그리고 린이 환성을 질렀다.

"기다려! 사과할게! 무릎이라도 꿇고 사과할 테니까, 나를 원래 파티로 돌려보내줘!"

나는 울음을 터뜨린 더스트를 진심으로 동정하면서 말했다.

"이제부터는 새로운 파티에서 잘 해봐."

"내가 잘못했어!! 오늘 아침 일은 사과할 테니까 용서해 주세요!"

제2장 이 미궁의 주인에게 안식을!

1

"내일은 던전에 가겠습니다."

"싫어요."

"가겠습니다."

거부하는 메구밍을 향해 내가 단호한 어조로 딱 잘라 말했다. 그러자 메구밍은 그대로 도망치려했고, 나는 그녀를 딱 붙잡았다.

내가 목을 잘린 후로 일주일이 지났다.

전투를 해도 될 만큼 몸이 회복되었기에, 나는 길드 안에서 느긋하게 있는 파티 멤버들에게 그런 제안을 했다. 하지만 메구밍은 던전에 가는 것을 거세게 반대했다.

"싫어요. 싫어요. 던전 같은 데에 가면 제 존재가치는 없어지잖아요! 던전이 무너질 수도 있기 때문에 폭렬마법은 쓸 수도 없으니, 저는 그냥 평범한 일반인이라고요!"

"그건 너를 동료로 삼을 때 내가 했던 말이잖아! 너, 그때는 짐꾼이든 뭐든 다 할 테니 버리지 말아달라고 했었다고!"

나에게 목덜미를 잡힌 메구밍은 그 말을 듣고 포기한 것처럼 고개를 축 늘어뜨렸다.

"하아……. 알았어요. 하지만 저는 진짜로 아무 짝에도 쓸모없어요. 진짜로 짐꾼밖에 못한다고요……."

메구밍은 체념 섞인 표정에 불안을 드리우면서 말했다.

나는 그런 그녀를 안심시키려는 것처럼 말했다.

"뭐, 안심해. 던전 앞까지만 같이 가주면 되거든. 던전으로 가는 길에 위험한 몬스터와 마주친다면 네 마법으로 해치워."

"예? 입구까지만 가면 된다고요?"

메구밍이 영문을 모르겠다는 표정을 짓는 가운데 아쿠아는 테이블 위에 축 엎드린 채 말했다.

"그런데 왜 갑자기 던전에 가자는 거야? 던전에 들어가기 위해서는 도적이 필수라구. 그러고 보니, 요즘 크리스는 어디 간 거야? 길드에서는 안 보이는 것 같던데 말이야."

내가 전투를 벌일 수 있을 정도까지 회복되는 동안, 이 녀석은 길드의 난로 앞, 즉 가장 따뜻한 장소를 점령한 채 술을 마시거나, 혹은 이렇게 아무 것도 안하면서 늘어져 있었다.

그녀에게 술을 마셔도 되는 나이인지 물어봤더니, 마법 같은 게 있는 이 세계의 법률이 일본과 같을 거라고 생각하지 말라는 대답을 들었다.

이 세계에서는 나이에 상관없이 술을 마셔도 되지만, 무슨 일이 발생했을 때는 자기가 책임져야 한다는 것 같았다.

"크리스는 요즘 바쁘다고 했어. 옛날에 신세를 겼던 선배가 말도 안 되게 어려운 문제를 그녀에게 떠맡긴 것 같아. 그래서 그것 때문에 한 동안은 이곳에 오지 못한다더라고. 하지만 던전 탐색에 필요한 함정 발견과 함정 해제 스킬은 이미 크리스한테서 배워뒀어. 크리스에게 들은 건데 던전 안은 계절에 따라 서식하는 몬스터가 변하지 않는대. 그러니 적당한 던전에 들어가서 일확천금을 노려볼 거야."

테일러 일행과 퀘스트를 끝마친 후, 나도 아무것도 안하고 쉬기만 한 것은 아니었다.

눈의 정령과 고블린을 퇴치한 덕분에 레벨이 3이나 오른 나는 함정 발견과 함정 해제, 그리고 새로운 스킬을 하나 더 배웠다.

함정 발견율과 해제 성공률은 손재주와 행운 수치에 좌우된다고 한다.

내 손재주는 평범한 수준이지만, 뛰어난 행운 수치로 어떻게든 커버가 될 거라고 믿고 싶다.

이상한 녀석들과 얽힌 데다 막대한 빚까지 지게 된 나 같은 놈의 행운 수치가 높다는 게 솔직히 말해 믿기지는 않지만 말이다.

갑옷의 수리가 끝난 다크니스는 자신의 갑옷을 천으로 열심히 닦으면서 싱글벙글 웃고 있었다.

그런 다크니스가 문득 나를 쳐다보았다.

"음, 문제가 하나 있다. 내 대검은 대장군이 두 동강을 내버렸지. 지금 새로운 대검을 발주하기는 했지만, 완성되려면 좀 더 시간이 걸릴 거다. 지금의 나를 전력으로 생각하고 있다면……."

"너는 처음부터 전력으로 생각 안 했으니까 걱정하지 마."

"뭐?!"

다크니스는 울상을 지으면서 볼을 붉혔다. 아무래도 마음에 입은 상처 덕분에 흥분한 것 같았다.

반쯤은 기뻐하고 있는 것 같으니, 관심을 가져줄 필요는 없으리라.

나는 하던 이야기를 계속했다.

"두 사람이 오해하지 않도록 미리 말해두겠는데, 던전에는 나 혼자 들어갈 거야. 너희는 던전으로 가는 동안 나를 경호해줬으면 해."

""""어?""""

2

마을에서 나와 한나절 정도 산을 향해 걸은 후, 우리는 산기슭에 있는 짐승들이 다니는 길을 나아갔다.

곳곳에 눈이 쌓였을 뿐만 아니라 나뭇가지가 우거진 험난한 길을 대체 얼마나 걸었을까.

느닷없이 꽤 튼튼해 보이는 통나무집이 모습을 보였다.

통나무집에는 『피난소』라고 적힌 간판이 걸려 있었다.

그리고 통나무집 근처에 있는 산의 표면에는 안쪽이 얼마나 깊은지 알 수 없을 만큼 어두운 던전의 입구가 입을 쩍 벌리고 있었다.

던전의 입구는 천연 동굴 같지만, 그 내부를 들여다보니 안에는 깔끔하게 정비된 계단이 안쪽까지 이어져 있었다.

이 던전의 이름은 키르의 던전.

—먼 옛날, 키르라는 이름의 희대의 천재 아크 위저드가 귀족의 영애를 사랑하게 되었다.

마법에 매료되어 사랑 같은 것에는 관심 없던 남자는 우연히 마을을 산책하던 영애를 보자마자 사랑에 빠졌다.

하지만 그 사랑이 결실을 맺을 수 있을 리가 없었다.

이 세계에서의 신분 차이라는 것은 그 정도로 큰 것이다.

그 사실을 잘 알고 있던 그는 자신의 마음속에 싹튼 사랑을 잊으려는 것처럼, 하염없이 마법 수행과 연구에 몰두했다.

시간이 흘러, 그는 어느새 이 나라 최고의 아크 위저드라 불리게 되었다.

그는 자신이 지닌 마술을 아낌없이 사용해, 이 나라를 위해 공헌했다.

그는 수많은 이들에게 칭송받았고—.

결국 그는 왕성으로 초대되었다. 그곳에서는 그를 위한 파티가 열렸다.

그 자리에서 왕은 그에게 말했다.

그대의 공적을 치하하는 의미에서, 그대의 소원 하나를 들어주겠노라.

그는 말했다.

이 세상에 딱 하나. 도저히 이루지 못했던 소원이 있습니다.

—그때, 키르라는 이름의 아크 위저드가 어떤 소원을 말했는지는 알려지지 않았다.

하지만 그 후, 귀족 영애를 납치한 아크 위저드는 이 던전을 만든 후 영애와 함께 이 안에 틀어박혔다고 한다.

그 후에 그들이 어떻게 되었는지는 알려지지 않고 있다.

뭐, 일개 마법사가 던전에 틀어박혀 제아무리 노력해본들, 한 나라를 상대로 승리하는 것은 불가능했으리라.

지금은 이 던전이 만들어진 경위도 차츰 잊혀져 가며 풋내기 모험가들이 첫 던전 탐색에 이용하는 좋은 연습 장소가 되었다.

나는 키르의 던전 입구에서 멈춰선 후, 내 뒤를 따라오고 있는 세 사람을 돌아보았다.

"좋아. 그럼 여기서부터는 나 혼자 갈 테니까 너희는 저 피난소에서 기다려줘. 하루가 지났는데도 돌아오지 않으면 마을로 가서 테일러 일행에게 도움을 청해. ……뭐, 오늘은 정찰과 실험을 겸해 시험 삼아 들어가 보는 거니까, 금방 돌아올 거야."

세 사람은 내 말을 듣고 불안한 표정을 지었다.

다크니스는 팔짱을 끼면서 말했다.

"정말 가려는 것이냐? 누군가가 단독으로 던전에 들어갔다는 이야기는 들어본 적이 없다. 카즈마의 설명을 들어보니, 전신갑옷 때문에 걸을 때마다 시끄러운 소리를 내는 내가 따라가 봤자 방해만 될 것 같다만……."

뭐, 확실히 그런 이야기는 나도 들어본 적이 없긴 해.

"저도 따라가 봤자 방해만 되겠죠. ……그래도, 생각을 바꾸지 않겠어요?"

메구밍이 불안한 표정을 지으면서 그렇게 말하자…….

"내가 따라갈 테니까 걱정하지 마."

아쿠아가 이렇게 믿음직한 소리를 했ㅡ.

"……아니, 따라오지 않아도 돼. 솔직히 말해 혼자 가는 편이 여러모로 나아."

나는 아쿠아에게 이곳에 오면서 했던 설명을 한 번 더

했다.

"키스가 가르쳐준 아처 스킬 《천리안》 덕분에 암시(暗視), 즉, 어두운 곳도 훤히 볼 수 있어. 전에 시험해봤는데 빛이 전혀 없는 완벽한 어둠 속에서도 공간 파악, 그리고 놓여 있는 물건의 형태를 알 수 있더라고. 그러니 나 혼자라면 빛이 필요 없어. 모험가가 들고 있는 불빛을 표적 삼는 타입의 몬스터에게는 들키지 않을 거야."

물론 그 정도로 혼자서 던전에 잠입할 수 있다면, 이 세상 모든 아처들이 다 그러고 있으리라.

하지만—.

"게다가 나한테는 도적 스킬인 《적 탐지》와 《잠복》이 있잖아. 어둠 속에 숨어서 암시로 지형을 확인한 후, 적을 탐지하면서 우회할 거야. 잠복 스킬이 있으니 만약 우회할 수 없는 상황이더라도 어둠 속에서 벽에 찰싹 붙어 있으면 몬스터가 나를 못 찾고 지나……갈 거라고 생각해."

이것만큼은 시험해보지 않고서는 단언할 수 없다.

이번에는 토벌 의뢰를 받고 던전에 잠입하는 것이 아니다.

몬스터를 쓰러뜨리더라도 돈이 되지 않는다면 전투를 하지 않는 편이 훨씬 이득이다.

몬스터와의 전투는 피하면서 보물만 훔쳐간다.

하는 짓은 좀도둑 같지만, 이것은 여러 직업의 스킬을 습득할 수 있는 모험가만의 몇 안 되는 특권이다.

이런 때일수록 장점을 살리는 편이 나으리라.

나는 짐 속에서 길드에서 사온, 냄새에 민감한 몬스터에 대한 대비책인 냄새 제거 포션을 꺼냈다.

던전의 몬스터들은 어둠에 익숙할 것이다.

즉, 시력 이외의 다른 능력으로 적을 탐지할 가능성이 높았다.

예를 들자면, 뛰어난 후각으로 사냥감의 냄새를 추적하는 것이다.

어쩌면 청각으로 적을 탐지하는 몬스터가 있을지도 모르지만, 이건 상대가 나한테서 나는 소리를 감지하기 전에 내 적 탐지 스킬이 먼저 적을 발견해주기를 비는 수밖에 없다.

뱀이 지닌 열 감지 기관이라든가 박쥐의 초음파 소나 능력에 대한 대비책은 없지만, 이 던전에는 그런 몬스터가 살지 않는다고 한다.

이 던전에 사는 몬스터에 관한 정보는 길드에서 철저하게 조사해뒀다.

그것도 그럴 것이, 나는 지난주에 한 번 죽었다.

에리스 님을 또 만나고 싶기는 하지만, 나도 몇 번이나 죽고 싶지는 않다.

나는 내 몸에 냄새 제거 포션을 뿌렸다.

이게 어느 정도의 효과가 있는지는 알 수 없지만, 쓰지 않는 것보다는 나을 것이다.

게다가 일전에 초보자 킬러 상대로 잠복 스킬을 쓸 때도 냄새로 간파당하는 것은 아닐까 하고 걱정했지만, 결국 들키지 않았다.

즉, 잠복 스킬은 냄새도 다소 차단해주는 것 같았다.

응. 할 수 있어. 할 수 있을 거라고.

게다가 이번은 어차피 실험이야. 잘 되면 횡재했다고 생각하면 돼.

이번에 도전할 예정인 이 던전은 내 레벨에 비하면 난이도가 낮은 던전이다.

이 탐색 방법이 확립되면 이런 저 난이도 던전이 아니라, 돈 될 만한 것이 많은 던전에 가서 짭짤하게 수익을 올리면 된다.

게다가 이곳은 마을에서 한나절 정도의 거리에 있는 던전이다.

이미 이 던전 내부는 모험가들이 철저하게 뒤져봤을 것이다.

괜찮아. 적과 마주치더라도 이 던전에서 조우하는 상대 정도라면 혼자서도 해치울 수 있을 거야.

"그럼 갔다 올게. 춥고 몬스터가 나올지도 모르지만, 그래도 느긋하게 기다려줘."

나는 다른 이들에게 손을 흔들면서 던전 입구를 통해 안으로 들어갔다.

―바로 그때, 누군가가 나를 따라오는 소리가 들렸다.

고개를 돌려보니 당연하다는 듯이 내 뒤를 따라오고 있는 아쿠아의 모습이 눈에 들어왔다.

"……방금 내가 한 말 못 들었어? 혼자 행동하는 편이 낫단 말이야. 너는 따라와 봤자 어둠 속에서는 아무 것도 할 수 없잖아."

아쿠아는 내 말을 듣고도 여유 넘치는 표정을 지으며 흐흥 하고 웃음을 흘렸다.

……한 대 때려주고 싶네.

"저기, 카즈마. 내가 누구인지 잊은 거 아냐? 아크 프리스트는 위장이라구. 자, 말해봐. 메구밍과 다크니스는 아직도 믿지 않는 것 같지만, 너는 알고 있잖아. 자, 내 직업을 말해보라구."

"빛의 신이잖아?"

"아냐, 물의 신이야! 하다못해 연회의 신이라고 부르란 말이야!"

솔직하게 말해 이 녀석이 무엇의 신인지는 아무래도 상관없었다. 그것보다 이 녀석은 대체 무슨 소리가 하고 싶은 것일까.

"이래 봬도 나는 여신이야. 신의 눈에는 모든 것을 꿰뚫어보는 힘이 있어. 카즈마가 나와 처음 만났을 때, 네 사인도 알고 있었지? 지상에 내려온 바람에 힘이 약해지기는 했지만, 신의 힘이 어느 정도는 남아 있다구. 모든 것을 꿰뚫어볼 수는 없지만, 어둠을 꿰뚫어보는 것 정도는 식은 죽 먹기야!"

가슴을 펴고 당당히 말하는 아쿠아를 보며, 나는 점점 불안해졌다.

솔직하게 말해 이 녀석이 또 사고를 칠 것 같아서 무지막지하게 걱정이 되었다.

어떻게 하지. 어떻게 떼어놓지. ……내가 그런 생각을 하고 있을 때, 아쿠아가 말했다.

"던전 안에는 보통 언데드가 있기 마련이야. 그리고 그들은 살아있는 자의 생명력을 표식 삼아 쫓아온다구. 즉, 언데드 몬스터에게는 잠복 스킬이 통하지 않는다는 거지. 그러니 내가 따라갈 수밖에 없잖아!"

진짜로 불길한 예감만 잔뜩 들었다.

3

던전 입구에서 이어지는 계단을 얼마나 내려왔을까.

이 어둑어둑한 공간을 따라 꽤 오랜 시간 이동했는데도, 아직 통로는 보이지 않았다.

초보자용 던전이라고 들었기에 좀 더 조그마한 곳일 거라고 상상했지만, 아무래도 예상보다 탐색에 시간이 걸릴 것 같았다.

하지만 이번 던전 탐색의 목적은 이 좀도둑 같은 방법이 던전에서 통하는지 실험해보는 것이다.

솔직히 말해, 차근차근 내부 지도를 그리면서 진지하게 던전 탐색에 임하는 사람들에게 있어, 이 방법은 편법이나 다름없을 것이다.

나는 등 뒤에서 태연하게 따라오고 있는 아쿠아의 기척을 느끼면서 계단을 내려갔다.

"저기, 카즈마. 암시는 잘 되고 있어? 내 맑디맑은 시야에는 카즈마가 이 어둠 속에서 주뼛주뼛하면서 흠칫흠칫 계단을 내려가는 모습이 훤히 보이는데 말이야. 암시 효과가 별로라면 지금 말해."

아쿠아는 나를 걱정하는 건지 시비를 거는 것인지 판단하기 어려운 소리를 했다.

"잘 보여. 소리가 날 때마다 네가 화들짝 놀라는 한심한 모습도 훤히 보인다고. 부탁이니까 너야말로 계단에서 구르지나 마."

내가 대꾸하자, 아쿠아는 안심한 것처럼 미소 지었다.

"그래? 나는 이 안에서도 냅다 뛰면서 도망칠 수 있을 만큼은 보이니까, 몬스터가 접근하면 말해줘. 그리고 앞이 잘 보인다고 해서 이 어둠을 이용해 내 엉덩이를 몰래 만지려고 하지는 말라구."

"안심해. 네 엉덩이를 만질 생각은 추호도 없거든. 내가 지금 무슨 생각을 하고 있는지 알려줄까? 어떻게 하면 너를 던전 내부에 버려두고 혼자 돌아갈 수 있을지 진지하게 고민하고 있다고."

나와 아쿠아는 그 자리에 멈춰서더니, 그대로 서로를 쳐다보았다.

"차암~, 카즈마는 농담만 해댄다니깐~! 푸푸픕!"

"바보구나, 아쿠아. 너랑 내가 알고 지낸지도 꽤 됐잖아? 그러니까 이 말이 진담이라는 것도 알 수 있을 텐데~? 하하하하핫!"

그런 이야기를 나누는 사이, 우리는 기나긴 계단을 다 내려왔다.

그곳은 완벽한 어둠에 뒤덮여 있었지만, 스킬 덕분에 던전의 돌벽과 통로의 넓이를 명확하게 알 수 있었다.

내 눈에는 시꺼먼 공간에 물체의 윤곽이 푸르스름하게 떠올라 있는 것처럼 보였다. 마치 열 감지 센서 화면을 보고 있는 것 같았다.

계단을 다 내려와 보니, 통로가 좌우로 나뉘어 있었다.

그리고 계단 바로 앞에 무언가가 있다는 사실을 눈치챘다.

"……이게 뭐지?"

암시라고 해도, 어둠속에서 푸른 윤곽만 보일 뿐이다.

즉, 그 물체가 지닌 본래의 색깔이 보이는 것은 아니었다.

그렇다. 눈앞에 있는 썩어문드러진 인간의 몸 같은 것의 윤곽만 보일 뿐…….

………….

"우왓~!!"

그것은 모험가의 썩어버린 시체였다.

나처럼 혼자서 던전에 도전한 것일까. 아니면 동료들이 죽은 그를 버리고 간 것일까.

어떤 경위로 이곳에 방치된 것인지는 알 수 없지만, 인간의 유해가 바닥에 놓여 있었다.

아쿠아는 그 시체에게 다가가더니…….

"……언데드가 되어가고 있네. 카즈마, 잠시만 기다려."

아쿠아가 낮은 목소리로 기도 같은 것을 드리자, 옅은 빛이 유해를 감쌌다.

방황하는 혼을 인도해서, 언데드화를 막은 것이리라.

평소에도 지금처럼 활약한다면 신자도 조금은 늘어날 텐데 말이다.

아무튼, 계단을 내려오자마자 사체와 부딪혔기 때문인지 마음이 꺾일 것만 같았다.

아쿠아가 곁에 없었다면 분명 돌아갔으리라.

"그건 그렇고, 혼자서 던전에 들어가겠다고 고집 부렸던 사람이 우왓~!! 하고 고함을 지르는 건 좀 그렇지 않아?

푸푸품!"

나는 그 말을 듣고, 던전 깊숙한 곳에 도착하면 이 녀석을 한 동안 혼자 놔두기로 결심했다.

……뭔가 다가오고 있어.

적 탐지 스킬로 다가오고 있는 적을 찾아낸 나는 움직임을 멈췄다.

우리의 목소리, 혹은 아쿠아가 시체를 정화할 때 뿜어져 나온 빛을 보고 다가오는 걸지도 모른다.

나는 아쿠아를 쳐다보면서 적이 다가오는 방향을 가리켰다. 그리고 반대쪽 통로를 엄지로 가리키면서 도망치자는 제스처를 보냈다.

"왜 이상한 동작을 취하는 거야? 설마 내 앞에서 손가락 예술을 선보이는 거야? 불 좀 켜봐. 그림자로 여우나 토끼 같은 간단한 게 아니라, 기동요새 디스트로이어를 보여줄게."

"그게 아냐! 그리고 디스트로이어가 대체 뭐냐고! 적이 다가오고 있으니까 저쪽으로 도망치자는 제스처란 말이다! 젠장, 들켰잖아! 어이, 아쿠아! 맞서 싸울 거니까 도와줘!"

무심코 큰 목소리로 딴죽을 날린 나 자신이 한심했다.

나는 어둠 속에서 검을 뽑아든 후, 우리를 향해 달려드는 조그마한 인간형 몬스터를 향해 휘둘렀다.

"······휴우, 이 녀석은 대체 뭐야? 암시로 형태는 알아볼 수 있어도 물체의 색깔을 알아볼 수 없어서 정체까지는 알 수가 없네. 너, 이게 뭔지 알아?"

나는 발치에서 굴러다니고 있는 인간형 몬스터의 사체를 쳐다보면서 아쿠아에게 물었다.

"그렘린이라는 하급 악마야. 던전은 지상보다 마력이 진하기 때문에 약한 악마가 때때로 튀어나와."

그렇구나. 그러고 보니 길드 사람들이 가르쳐준 던전에 관한 정보 안에는 이 몬스터의 이름도 있었다.

······나는 문득 하나의 사실을 떠올렸다.

"저기 말이야. 너, 어둠 속에서도 앞이 꽤 잘 보이는 거야?"

내 질문에 아쿠아는······.

"낮과 별반 다르지 않을 만큼 잘 보여. 그게 왜?"

당연한 소리를 하듯 그렇게 대답했다.

············.

"마구간에서 같이 잘 때, 뭐 본 거 없어?"

"아무 것도 못 봤어. 부스럭거리는 소리가 들리면, 반대쪽으로 돌아누워서 잤거든."

"······아쿠아 님, 감사합니다."

그렘린의 피 냄새 때문에 다른 몬스터가 다가올지도 모른다.

그래서 우리는 조용히 이 장소를 벗어났다.

4

오늘의 아쿠아는 평소와 달랐다.

그렇다. 평소의 얼간이 아크 프리스트가 아니었다.

연회의 신도, 빛의 신도 아니었다.

"이 어둡고 추운 던전에서 방황하는 혼들이여. 편안히 잠들라. 『턴 언데드』!"

광범위에 존재하는 방황하는 고스트들을 빛을 뿜어내 정화한 아쿠아는 어디 내놔도 부끄럽지 않을 만큼 멋진 여신님이었다.

—그리고 나는 던전을 얕봤다.

확실히 암시와 잠복 콤보는 매우 쓸 만했다.

대부분의 몬스터는 그걸로 어떻게든 해결 되었다.

하지만 아쿠아가 말한 것처럼, 어둡고 추운 던전에서 오랫동안 고통 받은 언데드에게는 살아있는 자가 눈부실 정도로 밝아 보이는 것 같았다.

아까부터 우리는 상당한 숫자의 언데드를 정화했다.

만약 나 혼자서 왔다면 지금쯤 언데드들에게 몰매를 맞고 있으리라.

던전에 이 정도로 언데드 몬스터가 많을 줄은 몰랐다.

나는 생각이 짧았다는 사실을 깊이 반성했다.

정화를 끝낸 아쿠아는 만족감이 어린 한숨을 내쉬었다.

"수고했어. 나 혼자 왔으면 위험했을 거야. 정말 네 덕분에 살았어."

나에게 칭찬을 들은 아쿠아는 싫지는 않은 듯한 표정을 지으면서 말했다.

"어머? 드디어 나를 제대로 평가하기 시작했나 보네. …… 그건 그렇고, 보물은 어디에 있을까? 뭐, 다른 모험가들이 뒤질 대로 뒤진 던전이니까 그다지 기대는 하지 않지만 말이야."

우리는 현재 던전의 꽤 깊숙한 곳까지 들어왔다.

깊숙한 곳이라고 해도, 이 던전은 단층 구조다.

하지만 그 넓이가 문제였다.

이 어둠 속에서도 낮처럼 주위가 훤히 보이는 아쿠아가 모퉁이마다 던전의 벽에 초크로 표시를 했다.

원래 던전 탐색은 함정을 경계하고, 몬스터를 주의하면서, 횃불을 들고, 지도를 그리면서 조심조심 나아가야만 한다.

하지만 선두에 선 내가 적과 함정을 탐지하면서 어둠 속에서도 문제없이 앞으로 나아간 우리는 점점 깊숙이 들어가고 있었다.

내가 생각해낸 탐색 방법이 얼마나 유용한지 확인되었으니 이제 돌아가도 괜찮겠지만, 여기까지 왔으니 보물은 아니더라도 돈 될 만한 것을 하나 정도 가지고 돌아가고 싶다.

나는 전방에 있는 방에 적의 기척과 함정이 없는지 확인한 후, 소리를 내지 않도록 조심하면서 신중하게 안으로 들어갔다.

그리고 방 안을 둘러본 후…….

"……쳇, 변변한 게 없네."

"저기, 카즈마. 이런 탐색 방법을 쓰면서 그런 대사를 읊으니까, 왠지 좀도둑이라도 된 것 같은 기분이 들어."

그딴 소리 하지 마. 실은 나도 그런 기분을 맛보고 있단 말이다.

성실하게 노력하면서 조금씩 던전을 탐색하는 동업자들에게 좀 미안하다는 생각이 들었다.

"……응? 카즈마, 저쪽에 뭔가 있어."

아쿠아가 방구석에서 뭔가를 찾아낸 것 같았다.

아쿠아와 함께 방구석으로 가보니, 거기에는…….

"앗, 보물이야, 보물! 보물 상자라구! 해냈어, 카즈마! 이번 던전 탐색은 완전 대박이네!"

나는 희희낙락하면서 보물 상자에 다가가려는 아쿠아를 허둥지둥 말렸다.

"어이, 기다려. 인마, 다른 모험가들이 몇 번이나 탐색한 던전에 보물 상자가 남아있는 게 이상하지 않아? ……역시 적 탐지 스킬이 반응을 보였어."

스킬을 통해 느껴지는 적의 반응은 물론 눈앞에 있는 보물 상자에서 나오고 있었다.

오호라, 이게 그 미믹이라는 녀석인가?

"아⋯⋯. 그럼 저건 가짜 던전이구나. 아쉽지만 어쩔 수 없네."

아쿠아는 그렇게 말하면서 뭔가를 보물 상자 쪽으로 던졌다.

그것은 아까 냄새 제거 포션이 들어 있었던 빈 병이었다.

포물선을 그리며 보물 상자 쪽으로 날아간 그 병이⋯⋯.

바닥에 닿은 순간, 주위의 벽과 바닥이 갑자기 꿈틀거리면서 병과 보물 상자를 통째로 삼키듯 감쌌다.

지금까지 평범한 바닥과 벽인 줄 알았던 부분이 방금 삼킨 병을 씹듯 살아있는 생물처럼 꿈틀거렸다.

"지, 징그러워! 저건 뭐야?!"

방금 아쿠아는 저것을 가짜 던전이라고 불렀다.

"이름 그대로의 몬스터야. 걸어 다니지는 못하지만, 몸의 일부를 보물 상자나 돈처럼 보이게 만든 후, 다가온 생물을 포식해. 경우에 따라서는 몸의 일부를 인간처럼 보이게 만들어서, 모험가를 공격하는 몬스터도 잡아먹는데."

몬스터까지 잡아먹는다고? 진짜 악랄하네!

그러고 보니 길드에서도 가짜 던전은 조심하라고 했다.

적 탐지 스킬이 있으면 쉽게 알아볼 수 있다고 했지만⋯⋯.

아무튼, 던전 안에서도 이렇게 생존 경쟁이 벌어지고 있는 것 같았다.

　정말 각박한 세상이다.

5

　『턴 언데드』!"

　아쿠아는 마법으로 좀비의 몸을 소실시켰다.

　그녀는 오늘 하루 동안 정말 많은 언데드를 퇴치했다.

　그리고 내가 열 감지 센서 화면처럼 보이는 천리안 스킬을 사용하고 있어서 정말 다행이었다.

　평범하게 불을 밝힌 상태에서 나아가다 이 어둠 속에서 이렇게 많은 좀비들과 마주쳤다면, 나는 오래전에 울음을 터뜨리며 돌아갔을 것이다.

　우리는 그 정도로, 그야말로 트라우마가 생겨도 이상하지 않을 만큼 많은 언데드와 마주친 것이다.

　"……어이, 좀 이상하지 않아? 언데드의 숫자가 너무 많잖아. 이래서야 아크 프리스트가 있는 파티가 아니면 이 던전을 공략할 수 없을 것 같은데? 뭐, 보물은 손에 넣지 못했지만 슬슬 돌아갈까?"

　여기는 풋내기 모험가들이 연습 삼아 들어가는 던전이다.

　하지만 이렇게 많은 언데드 몬스터를 풋내기 모험가가 상대할 수 있을 리가 없다.

아쿠아는 그렇게 마법을 펑펑 써댔는데도 전혀 지친 기색이 없었다.

역시 여신답다고나 할까.

하지만 제아무리 아쿠아가 있다고 해도, 이제 슬슬 돌아가는 편이 좋으리라.

"그래. 보물은 없었지만, 언데드를 잔뜩 정화해서 개인적으로는 만족했어. ……아, 잠깐만 있어봐. 저쪽에서 언데드 냄새가 나."

오늘의 아쿠아는 나의 적 탐지 스킬이 찾아내지 못한 언데드도 발견할 만큼 컨디션이 좋았다.

던전의 깊숙한 곳까지 온 아쿠아는 막다른 벽에 다가가더니, 개다래 향을 맡고 흥분한 고양이처럼 집요하게 주위의 냄새를 맡아댔다.

함정 발견 스킬과 적 탐지 스킬은 여전히 반응을 보이지 않았다.

하지만 오늘은 컨디션이 끝내주는 아쿠아가 저렇게 말하는 것을 보면 이 근처에 뭔가가 있을지도 모른다.

나와 아쿠아가 막다른 벽을 조사하기 시작하고 10분 정도가 경과했다.

결국 아무 것도 찾지 못한 우리가 포기하고 돌아가려한

바로 그때였다.

느닷없이 막다른 벽의 일부가 옆으로 빙글 회전하면서 열렸다.

우리가 뭔가를 한 것이 아닌데도 갑자기 열린 것이다.

그리고 벽 너머에서 낮은 목소리가 흐릿하게 들렸다.

"거기 있는 사람 중에, 프리스트가 있나?"

6

방 안에는 조그마한 침대와 장롱, 그리고 테이블과 의자밖에 없었다.

그 녀석은 침대 옆에 놓인 의자에 앉아 있었다.

테이블 위에 놓여있는 것은 램프일까.

"여어, 만나서 반가워. 그리고 좋은 아침. 아, 좋은 아침이라고 할 시간은 아니려나? 여기서는 바깥의 시간이 어떻게 되는지 알 수 없거든."

내 스킬로는 상대의 윤곽밖에 보이지 않는다.

그 자는 우리에게 인사를 건넨 후, 틴더 마법으로 램프에 불을 피웠다.

램프에서 흘러나온 빛에 비친 상대는 로브를 깊게 눌러 쓴, 말라비틀어진 살가죽이 뼈에 찰싹 달라붙어있는 해골이었다.

"나는 키르. 이 던전을 만들고, 귀족 영애를 납치해간 나쁜 마법사다."

―옛날, 키르라는 이름의 아크 위저드가 마을을 산책하던 귀족 영애에게 한 눈에 반했다.

하지만 그 사랑이 이루어질 수 없다는 사실을 안 키르는 마법 수행에 몰두했다.

시간이 흘러, 키르는 어느새 이 나라 제일의 아크 위저드라 불리게 되었다.

키르는 자신이 지닌 마술을 아낌없이 사용하여, 나라를 위해 공헌했다.

이윽고 수많은 사람들에게 칭송을 받게 된 키르는 그 공적을 치하하기 위해 왕성에서 열린 파티에 참가했다.

그 자리에서 왕이 말했다.

그대의 공적을 치하하고 싶구나. 그대의 소원 하나를 들어주겠노라.

그는 말했다.

이 세상에 딱 하나. 도저히 이루지 못했던 소원이 있습니다.

그것은, 괴로움에 떨고 있는 사랑하는 이가, 행복해지는 것―.

"그렇게 말한 후, 나는 귀족 영애를 납치했어."

키르는 자랑하듯 그 이야기를 했다.

"……그러니까 뭐야. 너는 나쁜 마법사가 아니라 좋은 마법사라는 거야? 그 귀족 영애는 부모에 의해 왕에게 측실로 바쳐졌지만, 왕에게 사랑받지 못했고 정실이나 다른 측실과도 잘 지내지 못한 거고? 그래서 괴로워하고 있는 그애가 필요 없다면 자신한테 달라고 말하면서 납치한 거네?"

내 말을 들은 키르의 목 부분이 웃음을 터뜨리듯 딸깍거렸다.

"맞아. 그리고 납치한 아가씨에게 프러포즈를 했더니 두말 않고 오케이해주지 뭐야. 나는 그녀와 사랑의 도피를 하면서 왕국군과 거하게 한 판 벌였지. ……이야, 그때는 정말 즐거웠어. 아, 참고로 내가 납치한 아가씨는 저기 있는 저분이다. 어때? 쇄골 라인이 정말 아름답지?"

키르가 손가락으로 가리킨 곳을 보니, 조그마한 침대 위에 백골화된 뼈가 가지런하게 놓여 있었다.

……대체 뭐가 어떻게 되고 있는 거야.

내 옆에 있는 아쿠아는 키르를 쳐다보면서 눈을 반짝이고 있었다.

아마 그를 정화시키고 싶어서 손이 근질거리는 것이리라.

"아무튼, 거기 있는 여성분에게 부탁이 있다."

키르가 그렇게 말했다.

"부탁?"

내 말을 들은 키르는 고개를 끄덕이면서—.

"나를 정화해주지 않겠나? 그녀는 나를 정화시킬 수 있을 정도의 힘을 지닌 프리스트지?"

7

아쿠아가 한 마디 한 마디 곱씹듯이 마법을 영창하는 가운데…….

원래는 위대한 마법사였던 그 남자는 침대에 누운 아가씨의 팔뼈 위에 손을 얹었다.

아쿠아의 말에 따르면 아가씨 쪽은 아무런 아쉬움 없이 편안히 성불했다고 한다.

그러니 원래는 키르를 정화시킬 정도의 마법진이면 되지만, 기합이 잔뜩 들어간 아쿠아는 정화의 마법진을 확대시켰다. 현재 그 마법진은 아가씨의 뼈뿐만 아니라 방 전체를 뒤덮을 만큼 커졌다.

키르는 아가씨를 지키기 위해 싸우다 중상을 입었지만,

그녀를 지키기 위해 인간이기를 포기하고 리치가 되었다고 한다.

나는 무심코 이 리치가 조금 멋지다고 생각하고 말았다.

일전에 위즈가 아쿠아에게 괴롭힘을 당하는 광경을 봤기 때문에, 상대적으로 멋져 보인 것일지도 모른다.

측실이 된 후, 저택 밖에도 좀처럼 나가지 못했던 아가씨는 한 국가를 상대로 전 세계를 돌아다니며 펼친 도주극 끝에, 이 던전에서 최후를 맞이했다고 한다.

키르는 힘든 도망 생활 중에도 그녀가 불평 한 마디 하지 않았고, 언제나 행복한 미소를 머금고 있었다고 말했다.

키르는, 난 아가씨를 행복하게 해줬던 걸까, 라고 중얼거린 후……

"덕분에 살았어. 언데드는 자살을 할 수가 없거든. 이곳에서 나 자신이 소멸되기를 하염없이 기다리고 있는데 엄청난 신성력이 느껴지지 뭐야. 그래서 나도 모르게 기나긴 잠에서 깨어나고 말았지."

방을 가득 채운 마법진에서 뿜어져 나오는 부드러운 빛에 휩싸인 키르는 그렇게 말하면서 웃었다.

아쿠아가 기나긴 영창을 끝냈다.

그리고, 내가 지금까지 한 번도 본 적이 없는 상냥한 표정을 지은 그녀는 키르를 향해 미소를 지었다.

……이 녀석, 대체 누구지?

내가 내 눈을 의심하고 있을 때, 아쿠아가 상냥한 목소리로 키르에게 말했다.

"신의 섭리에서 벗어나, 자신의 의지로 리치가 된 아크 위저드, 키르. 물의 여신 아쿠아의 이름으로 당신의 죄를 사합니다. ……잠시 후에 눈을 떠보면 눈앞에 에리스라는 이름의 가슴이 부자연스럽게 큰 여신이 있을 거야. 설령 나이 차이가 나더라도, 남녀 사이가 아니더라도, 그리고 어떤 형태라도 좋다면…… 다시 그 아가씨와 만나고 싶다고 그녀에게 부탁해. 그 애라면 분명 그 소원을 들어줄 거야."

농담이 아니라 진짜로, 이 여자는 누구일까.

내가 평소와 달라도 너무 다른 아쿠아를 보면서 당황하고 있을 때, 키르는 빛으로 가득 찬 방 안에서 그녀를 향해 깊이 고개를 숙였다.

"『세이크리드 턴 언데드』!"

—빛이 사라지자, 방 안은 다시 어둠으로 뒤덮였다.

그곳에는 리치도, 그리고 그가 사랑했던 아가씨의 뼈도 없었다.

나와 아쿠아는 말로 표현하기 힘든 분위기에 휩싸인 채 조용히 입을 다물고 있었다.

그리고 잠시 후, 나는 아쿠아에게 낮은 목소리로 말했다.

"……돌아가자."

지상으로 돌아가는 도중, 나는 몬스터에게 들키는 것을 신경 쓰지 않고 침묵을 지키고 있는 아쿠아에게 말을 걸었다.

"어이. 그 언데드는 아가씨라는 사람과 다시 만날 수 있을까?"

"……글쎄. 뭐, 에리스라면 어떻게든 해줄 거야."

아쿠아가 퉁명한 목소리로 그렇게 말하자, 나는 그렇구나, 하고 중얼거렸다.

그리고 화제를 바꾸려는 것처럼 밝은 목소리를 냈다.

"그건 그렇고, 그 리치는 꽤 좋은 사람이었지? 이제 필요 없다면서 장롱 안에 넣어둔 재산을 우리에게 줬잖아. 얼마나 가치가 있을지는 모르겠지만 마을로 돌아가면 나눠 가지자."

아쿠아는 그 말을 듣고 어깨를 부르르 떨었다.

"……응. 그들을 생각해서라도 잘 쓰자구."

아쿠아의 목소리는 아까보다 조금 클 뿐만 아니라, 활기가 느껴졌다.

…………

나는 이 분위기를 타개하기 위해, 지상으로 돌아간 후에 아쿠아에게 물어볼 생각이었던 질문을 지금 이 자리에서 하기로 했다.

"어이, 아쿠아."

"······왜?"

나는 여전히 약간 가라앉아 있는 아쿠아에게 말했다.

"······방금 그 사람은 엄청난 신성력을 느끼고 잠에서 깨어났다고 말했잖아? 설마 너 때문에 우리가 언데드와 엄청 마주친 건 아니겠지?"

"윽?!"

내 질문을 들은 아쿠아는 온몸을 부르르 떨면서 우뚝 멈춰 섰다.

그리고 쥐어짜내는 듯한 목소리로······.

"그, 그그그, 그럴 리가~, 그럴 리가 없다······고, 생각해······."

매우 애매한 대답을 했다.

"······그러고 보니 일전에 듈라한이 쳐들어왔을 때도, 듈라한의 부하인 언데드 나이트들이 너만 줄곧 쫓아다녔잖아."

"윽?!"

또 온몸을 부르르 떠는 아쿠아를 본 나는 아무 말 없이 그녀에게서 떨어졌다.

그런 나를 본 아쿠아가 천천히 나에게 다가왔다.

"저기, 카즈마. 왜 나와 거리를 두는 거야? 언제 몬스터에게 공격을 받을지 모르니까, 우리는 좀 더 붙어 있는 편이 좋지 않을까? 그, 그리고! 내가 초크로 그려둔 표식을, 카즈마의 빈약한 암시 능력으로 볼 수 있을까?!"

나는 아쿠아의 그 말을 듣고 한 순간 분해 죽겠다는 표정을 지었다.

이에 아쿠아는 지금이 찬스라고 생각했는지 더욱 공세에 나섰다.

"후홋, 그래! 나만 이런 곳에 두고 가려고 해봤자, 네 뜻대로는 안 돼! 자, 현재 서로의 입장은 대등하다고 할 수 있겠네. ……아니, 지상으로 이어지는 길을 알 뿐만 아니라 언데드도 쓰러뜨릴 수 있는 내가 없으면 카즈마는 혼자서 돌아갈 수 없어! 그러니 나한테 더 유리한 상황이 아닐까?! 그 점을 이해했다면 앞으로는 여신인 나를 아쿠아 님이라고 부르면서, 오늘 내가 보여준 멋진 활약을 마을 사람들에게……!"

아쿠아가 고함을 지르는 가운데…….

던전의 어둠 속에서 뭔가의 울음소리가 들려왔다.

흥이 나서 시끄럽게 떠들어댄 아쿠아의 목소리를 몬스터가 들은 것 같았다.

적 탐지로 확인해보니, 무언가가 우리를 향해 곧장 접근하고 있었다.

"…………."

나는 아무 말 없이 벽에 붙은 후, 어둠 속에 녹아들 듯

잠복했다.

"카, 카즈마! 기다려! 저기, 왜 혼자 잠복하는 거야? 미안, 미안해. 내가 잘못했어! 잘못했으니까 나한테도 잠복 스킬을 써줘! 잘못했다구, 카즈마! 카즈마 님~!!"

9

"……왠지 이렇게 될 것 같은 예상이 들기는 했지만, 무슨 일이 있었는지 물어봐도 될까요?"

통나무집에서 대기하고 있던 메구밍이 우리를 보자마자 그렇게 물었다.

"우, 우아아아아아! 카즈마가~! 카즈마가아아아아아!"

나는 내 등 뒤에서 울고 있는 아쿠아의 머리를 쓰다듬어 주면서 말했다.

"남 탓 하지 마. 네가 언데드를 긁어모으는 체질인 게 문제잖아! 덕분에 지상으로 돌아오면서도 무지막지하게 고생했다고! 내가 왜 초반에 너를 높이 평가했을까?! 후회되어서 미치겠네!"

"그치만, 그치만, 나의 이 넘쳐흐르는 생명력과 신성함은 타고난 거니까 어쩔 수 없다구! 아니면 뭐야?! 내 신성한 아우라를 카즈마의 은둔형 니트 레벨까지 낮추기라도 하라는 거야?! 그딴 짓을 했다간 전 세계에 존재하는 경건한 아쿠시즈 교도들이 한탄하며 슬픔에 잠길 거라구……!"

"이 녀석, 눈곱만큼도 반성하지 않았잖아! 너, 다시 던전에 들어가서 좀 전의 리치와 아가씨의 손톱 때라도 찾아와! 그리고 조금이라도 그 두 사람의 순수함을 본받으라고!"

"은둔형 니트 따위가 여신보고 리치를 본받으라고 했어!"

내 목을 조르려고 하는 아쿠아를 밀어내고 있는 나에게, 다크니스가 고개를 갸웃거리면서 중얼거렸다.

"……리치와 아가씨?"

나는 울면서 내 목을 조르려고 하는 아쿠아에게 저항하면서, 다크니스와 메구밍에게 던전 안에서 있었던 일을 설명했다.

"아쿠아의 말에 따르면, 그 아가씨는 미련을 남기지 않고 깔끔하게 성불했다지만 말이야. 그 아가씨는 힘든 도망 생활을 하면서 무슨 생각을 했을까? 그 리치는 자신이 아가씨를 행복하게 해준 건지 확신을 가지지 못했어. 과연 그 아가씨는 행복했을까?"

내가 별 생각 없이 중얼거린 그 말에…….

"……행복했을 거다. 틀림없이 행복했을 테지. 단언할 수 있다. 그 아가씨에게 있어서 도망 생활은 인생에서 가장 즐거운 나날이었을 게 틀림없다."

다크니스는 그런 의미심장한 말을 하면서 약간 쓸쓸한 미소를 지었다.

1

나는 아쿠아를 데리고 어딘가로 향하고 있는 중이다.

다크니스에게는 짧짤한 퀘스트가 나오면 바로 확보할 수 있도록 길드에 대기시켰다.

메구밍은 이른 아침부터 외출했다.

그 녀석은 때때로 이렇게 사라질 때가 있는데, 대체 어디서 뭘 하고 있는 것일까.

―우리 파티는 밸런스가 나쁘다.

지나치게 한쪽으로 치우쳐 있었다.

아쿠아는 프리스트로서는 우수한 편일지도 모르지만, 파티의 방패 역할을 담당하는 다크니스가 너무 튼튼한지라 회복마법을 쓸 일이 거의 없다.

메구밍의 순간 최대 화력은 다른 위저드의 추종을 불허할 만큼 뛰어나지만, 마법을 하루에 딱 한 번밖에 못 쓴다.

당면한 문제는 안정적인 화력을 확보하는 것이다.

그러기 위해서는 내가 새로운 스킬을 익힐 수밖에 없지만, 최약체 직업이라 불리는 모험가가 검을 휘두르면서 싸우는 것은 여러모로 한계가 있다.

그러니 좀 더 주된 무기로 삼아 사용할 수 있는 스킬이 필요하다.

그래서 일전의 던전 탐색으로 레벨을 올린 나는 어떤 가게를 찾아온 것이다.

"좋아. 도착했어. 잘 들어, 아쿠아. 미리 말해두겠는데, 절대 날뛰지 마. 싸우지 마. 마법 쓰지 마. 알았지?"

그곳은 매직 아이템을 취급하는 작은 마도구점이다.

그 가게를 쳐다보던 아쿠아는 내 말을 듣고 살며시 고개를 갸웃거렸다.

"잠깐만, 왜 내가 그런 짓을 할 거라고 생각하는 건데? 전부터 물어보고 싶었던 건데 말이야. 카즈마는 나를 뭐로 보는 거야? 나, 양아치나 무법자가 아니거든? 여신이거든? 신이거든?"

가게 문을 연 나는 등 뒤에서 불평을 늘어놓고 있는 아쿠아를 데리고 안으로 들어갔다.

문에 달린 조그마한 종이 딸랑딸랑 하고 맑게 울리면서 우리가 가게에 들어왔다는 사실을 가게 주인에게 알렸다.

"어서 오세……, 아앗?!"

"아아앗?! 드디어 나타났구나, 빌어먹을 언데드! 너, 이런

데서 가게를 운영하고 있었던 거야?! 여신인 이 몸이 마구간에서 지내고 있는데, 너는 한 가게의 어엿한 경영주?! 리치 주제에 건방지네! 이딴 가게, 신의 이름으로 불태워야얏?!"

나는 가게에 들어오자마자 내 주의사항을 깡그리 무시하며 날뛰기 시작한 아쿠아의 머리를 단검 자루 부분으로 살짝 때렸다.

뒤통수를 움켜쥐며 몸을 웅크리는 아쿠아를 내버려 둔 채, 겁먹은 가게 주인에게 인사를 건넸다.

"여어, 위즈. 오래간만이야. 약속했던 대로 찾아왔어."

2

"……흥. 이 가게는 손님에게 차도 한 잔 내놓지 않는 거야?"

"앗, 죄, 죄송해요!! 금방 내올게요!"

"안 내와도 돼! 손님에게 차 대접하는 마도구점이 이 세상 천지에 어디 있냐고."

나는 아쿠아의 음습한 구박에 순순히 따르려 하는 위즈를 말렸다.

마도구점에 처음 와본 나는 가게 안을 둘러보다 전시되어 있는 물건을 집어 들었다.

그것은 조그마한 포션 병이었다.

"아, 그건 강력한 충격을 주면 폭발하니까 조심하세요."

"윽, 그렇구나."

나는 허둥지둥 병을 내려놓았다.

그리고 그 옆에 있는 병을 들자…….

"아, 그건 뚜껑을 열면 폭발하는 거예요."

나는 그 병을 살며시 내려놓은 후, 그 옆에 있는 병을 들면서 물었다.

"이건?"

"물에 넣으면 폭발해요."

"……이, 이건?"

"열을 가하면 폭발을…….''

………….

"이 가게에는 폭약만 있는 거냐!"

"아아아, 아니에요! 거기 있는 선반에 폭발 시리즈가 놓여있는 것뿐이라고요!"

아, 이럴 때가 아니지.

나는 마법의 도구가 필요해서 여기에 온 게 아니다.

멋대로 차를 타서 홀짝이고 있는 아쿠아를 내버려둔 채, 나는 본론으로 들어갔다.

"위즈, 전에 말했지? 리치의 스킬을 가르쳐주겠다고 말이야. 스킬 포인트에 여유가 좀 생겼으니까, 적당한 스킬을 가

르쳐주지 않겠어?"

"푸웁!"

"꺄아아아아앗?!"

내 말을 들은 아쿠아는 차를 뿜었고, 그 차를 위즈가 정통으로 뒤집어썼다.

"잠깐만! 무슨 소리를 하는 거야, 카즈마! 리치의 스킬? 리치의 스킬이라구?! 일전에 이 여자에게 명함을 받았을 때, 대체 무슨 이야기를 했나 했더니……! 리치가 지닌 스킬 중에 제대로 된 건 거의 없다구! 그런 걸 배운다니, 말도 안 돼! 잘 들어. 리치라는 건 어둑어둑하고 축축한 곳을 좋아하는, 간단히 말해 민달팽이의 친척 같은 거야."

"너, 너무해요!"

아쿠아의 악담을 들은 위즈는 울먹거렸다.

"아니, 민달팽이의 친척이든, 사촌이든 딱히 상관없거든? 그것보다 리치의 스킬은 흔히 배울 수 있는 게 아니잖아? 그런 스킬을 익혀두면 꽤 쓸모 있을 것 같지 않아? 너도 지금 멤버로는 좀 강한 적이 떼로 나타나기라도 하면, 변변찮은 저항도 할 수 없다는 건 알고 있지?"

"으으……. 여신의 입장으로는 시종이 리치의 스킬을 배우는 것을 좌시할 수는 없다고나 할까……."

내 말을 들은 아쿠아는 투덜거리면서도 결국 한 발 물러섰다.

아쿠아가 중얼거린 말을 들은 위즈는 불안 섞인 표정을 짓더니 머뭇거리면서 물었다.

"『여신으로서는』……? 그러고 보니, 일전에 턴 언데드로 저를 간단히 소멸시킬 뻔 했었죠……? 설마, 진짜 여신님인 가요?"

아, 큰일 났다.

리치 정도 되면 아쿠아가 진짜 여신이라는 것도 알 수 있는 걸까?

나는 아직도 아쿠아가 여신이라는 사실에 의문을 가지고 있는데 말이야.

"그래. 너라면 남들에게 떠벌리고 다니지 않을 것 같으니까 가르쳐줄게. 나는 아쿠아. 아쿠시즈 교단이 숭배하는 여신, 아쿠아야. 그러니 입조심해, 리치!"

"히익?!"

위즈는 겁먹을 대로 겁먹은 표정으로 내 등 뒤에 숨었다.

리치에게 있어 신이라는 존재는 천적이나 다름없는 걸까.

"어이, 위즈. 그렇게 겁먹지 않아도 돼. 언데드와 여신은 물과 기름 같은 사이겠지만 말이야."

나는 위즈를 달랬다. 하지만 그녀는…….

"아, 아니, 저기…… 아쿠시즈 교단 사람들은 제정신이 아 닌 자가 많기 때문에 얽히지 않는 편이 좋다는 게 세간의 상식이거든요. 그런 아쿠시즈 교단의 우두머리라 할 수 있는 여신이라면······."

"방금 뭐라고 했어?!"

"죄죄죄죄, 죄송해요!"

"······이, 이야기를 할 수가 없네······."

분노에 떠는 아쿠아를 위즈에게서 떼어낸 나는 그녀에게 가게 안의 상품이라도 둘러보라고 말했다. 그러자 아쿠아는 가게 곳곳을 기웃거리면서 포션을 들어보거나, 안에 든 내용물의 냄새를 맡아보며 서성거렸다.

그런 아쿠아를 약간 신경쓰던 위즈는 나를 향해 고개를 돌리면서 말했다.

"참, 얼마 전에 들었어요. 카즈마 씨 일행이 그 베르디아 씨를 쓰러뜨렸다면서요? 간부 중에서도 검술 실력은 알아 주는 그 분을 쓰러뜨리다니, 대단하네요."

위즈는 그렇게 말하면서 나를 향해 온화한 미소를 지었······.

······어라?

"베르디아 씨? 왠지 전부터 베르디아를 알고 있었던 것 같은 말투네. 혹시 같은 언데드라서 알고 지내기라도 한 거야?"

내가 묻자, 위즈는 별 것 아닌 이야기를 하는 듯한 가벼운 어조로 싱글벙글 웃으면서 대답했다.

"아, 말하지 않았던가요? 저는 마왕군 간부 중 한 명이에요."

············.

"체포~!!"

상품 선반을 구경하고 있던 아쿠아가 위즈를 덮쳤다!

"잠깐만요~! 아쿠아 님, 부탁이에요! 제 이야기 좀 들어보세요!"

아쿠아 밑에 깔린 위즈는 비명에 가까운 목소리로 그렇게 외쳤다.

아쿠아는 한 건 해낸 듯한 표정을 지으며 이마의 땀을 닦더니······.

"해냈어, 카즈마! 이걸로 빚을 전부 청산할 수 있다구! 그뿐만 아니라 한 밑천 잡을 수 있을 거야! 여관방을 빌리는 게 아니라, 집을 한 채 살 수 있을 거라구!"

희희낙락하면서 그런 소리를 했다.

나는 아쿠아에게 제압당한 위즈를 향해 몸을 숙이면서 물었다.

"어이, 아쿠아. 일단 이야기를 좀 들어보자. ······으음, 마왕군 간부라는 게 무슨 소리야? 네가 마왕군의 스파이라면, 모험자로서 그냥 못 본 척 할 수는 없는데······."

내 말을 들은 위즈는 울며불며 필사적으로 변명했다.

"아니에요! 마왕성을 지키는 결계를 유지하기 위해 간부가 되어달라는 부탁을 받은 것뿐이에요! 물론 지금까지 인간에게 해를 끼친 적은 없고, 간부라고 해도, 간부 직함만 달고 있을 뿐인 엉터리 간부라고요! 그리고 저한테는 상금이 안 걸려 있다고요! 그러니 쓰러뜨려봤자 한 푼도 받을 수 없어요!"

위즈의 말을 들은 나와 아쿠아는 서로를 쳐다보았다.

"……잘은 모르겠지만, 일단 퇴치해버릴게."

"기다려주세요, 아쿠아 님~!!"

아쿠아에게 제압당한 위즈는 울먹이면서 애원했다.

나는 마법을 영창하기 시작한 아쿠아를 말리면서 말했다.

"그러니까 뭐야? 즉, 게임 같은 거에 흔히 나오는, 간부를 전부 쓰러뜨리면 마왕성을 둘러싼 결계가 없어진다, 같은 거야? 그리고 위즈는 그 결계의 유지만 담당하고 있는 거고?"

"게임이라는 게 뭔지는 모르지만 방금 말씀하신 대로예요! 마왕 씨에게 부탁받았어요. 인간들의 마을에서 가게를 경영하면서 느긋하게 사는 걸 방해하지 않을 테니까, 간부로서 결계의 유지만 맡아줄 수는 없겠냐고요! 마왕군의 간부가 인간들의 마을에서 가게나 하고 있다고는 아무도 생각 못할 테니까, 인간에게 퇴치 당하지만 않으면 충분히 도움이 된다고 했어요!"

"즉, 네가 살아있는 것만으로도 인류는 마왕성에 쳐들어 갈 수 없다는 거지? 그것만으로도 우리에게는 충분한 민폐 네. 카즈마, 확 퇴치해버리자."

위즈는 아쿠아의 말을 듣고 울음을 터뜨렸다.

"잠깐만요! 잠깐만 기다려주세요! 아쿠아 님의 힘이라면 간부 두세 명이 유지하는 결계 정도는 파괴할 수 있을 거예 요! 마왕의 간부는 총 여덟 명이에요. 저를 쓰러뜨려봤자 남은 여섯 명의 간부가 유지하는 결계를 파괴하는 건 아쿠 아 님이라도 무리죠. 마왕성에 쳐들어가기 위해서는 저를 정화한 후에도 간부들을 쓰러뜨리러 다닐 수밖에 없어요! 하다못해, 아쿠아 님이 결계를 파괴할 수 있을 만큼 간부 수가 줄어들 때까지만이라도 살려 주세요……! 저는 아직 해야만 하는 일이 있어요……."

위즈가 흐느끼기 시작하자, 그녀를 제압한 아쿠아도 미 묘한 표정을 지었다.

아쿠아는 나를 힐끔힐끔 쳐다보았다. ……나보고 결정하 라는 건가.

"으음. 뭐, 괜찮지 않겠어? 어차피 위즈를 정화해봤자 그 결계가 없어지는 건 아니잖아? 게다가 원래 간부 전원을 해 치우지 않으면 그 결계라는 건 풀리지 않는데, 아쿠아가 있 으면 간부를 전부 다 해치우지 않아도 파괴할 수 있다면서? 그럼 위즈 이외의 간부를 누군가가 해치울 때까지 느긋하게 기다리자고."

뭐, 마왕이나 간부 같은 녀석들을 우리 같은 미숙한 파티가 해치울 수 있을 것 같지는 않은데다, 그런 위험한 일에 고개를 들이밀 생각도 없다.

내버려두면 마검을 지닌 소드 마스터, 미츠루기처럼 엄청난 특전을 받은 녀석들이 마왕의 간부들을 해치워줄 것이다.

하지만 위즈가 있는 한, 결계가 파괴되어 마왕이 퇴치당하는 일은 벌어지지 않는다.

그리고 내가 지구로 돌아가기 위해서는 내 손으로 마왕을 쓰러뜨려야만 한다.

그렇다면 우리가 마왕을 쓰러뜨릴 수 있을 만큼 강해질 때까지 지금 이대로 두는 것이 낫다.

내가 그런 타산적인 생각을 하고 있을 거라고는 꿈에도 생각하지 못한 것 같은 위즈는 내 말을 듣고 환한 표정을 지었다.

"하지만 괜찮겠어? 간부라는 녀석들은 위즈와도 아는 사이지? 베르디아를 쓰러뜨린 우리에게 원한 같은 건 없는 거야?"

내 질문을 들은 위즈는 잠시 동안 고민한 후 대답했다.

"……베르디아 씨와 저는 딱히 사이가 좋은 편은 아니었으니까요……. 제 발밑으로 자기 머리를 굴려서 치마 안을 들여다보려고 하는 분이었어요. 간부 중에서 저와 사이가 좋았던 분은 한 명 밖에 없어요. 그리고 그 분은…… 뭐, 쉽게 죽을 분은 아니죠. 게다가……."

그렇게 말한 후, 위즈는…….

"저는 지금도, 마음만큼은 인간이니까요."

약간 쓸쓸한 미소를 지었다.

3

"으, 으음, 그럼 제가 지닌 스킬들을 얼추 보여드릴 테니, 그 중에서 마음에 드는 걸 익혀주세요. 일전에 저를 놔주신 것에 대한 답례……."

말을 하다 멈춘 위즈는 뭔가를 깨달은 것처럼 나와 아쿠아를 번갈아 바라보면서 우물쭈물했다.

"왜 그래?"

내가 묻자, 위즈는 겁먹은 표정으로 아쿠아를 쳐다보았다.

"제 스킬은 시전할 상대가 없으면 쓸 수 없는 게 대부분이에요. 그러니까…… 누군가에게 스킬을 써야만 해서……."

아하, 그런 거구나.

"어이, 아쿠아. 미안하지만 부탁해도 될까?"

"호오~. 언데드가 이 나한테 어떤 스킬을 쓰려는 건데?"

아쿠아가 위즈를 위협하는 듯한 목소리로 그렇게 말하자, 그녀는 겁먹은 것처럼 몸을 움츠리면서 말했다.

"저, 저기……. 드레인 터치는 어떤가요? 아, 무, 물론 눈곱만큼만 흡수할게요! 스킬을 익히기 위한 시범이니까, 아주 약간만 흡수해도 충분할 거라고 생각해요!"

위즈가 당황한 어조로 그렇게 말하자, 아쿠아는 엄청 흉악한 미소를 지었다.

일단 이 두 사람은 거물 언데드인 리치와 여신이다.

하지만 이렇게 보고 있으니 어느 쪽이 리치이고 어느 쪽이 여신인지 종잡을 수가 없었다.

"좋아. 나는 상관없어. 얼마든지 빨아봐. 자, 빨리 해."

아쿠아는 자신의 손을 내밀었다.

위즈는 그 손을 머뭇거리면서 잡더니…….

"그, 그럼 실례할게요……. ……어? 어머? 어, 어머?"

나는 무슨 일이 일어난 것인지 알 수 없지만, 위즈에게 있어서 예상외의 사태가 발생한 것 같았다.

"자, 뭐하는 거야? 내 마력과 체력을 흡수할 거라면서? 어머나, 언데드의 우두머리 같은 존재 주제에 드레인조차도 제대로 못하는 거야?"

여유 넘치는 아쿠아와 달리, 위즈는 점점 울상을 짓기 시작했다.

"어, 어머——?!"

아쿠아가 드레인을 하지 못하도록 저항하고 있는 것 같았다.

—나는 아무 말 없이 아쿠아의 뒷머리카락을 잡아당겼다.

"아얏?! 잠깐, 카즈마! 방해하지 마! 이건 리치와 여신의 대결이야! 나도 어엿한 여신으로서 순순히 빨릴 수는 없다구!"

"인마, 시간 낭비 하지 말고 그냥 빨려주라고……. 미안, 위즈. 아무래도 이 녀석은 직업상 언데드와는 죽이 맞지 않는 것 같아."

내가 대신 사과하자, 위즈는 당치도 않다는 듯이 고개를 저었다.

"아, 아뇨! 저, 저기, 이건 전부 리치인 제 잘못이니까요……."

마음을 진정시킨 위즈는 다시 스킬을 펼쳤다.

"그, 그럼 실례할게요……."

위즈는 아쿠아의 손을 잡고, 다시 드레인 터치를 사용했다.

드레인 터치는 언데드 특유의 스킬이며, 상대의 체력과 마력을 빨아들일 수 있다고 한다.

그리고 자신의 체력과 마력을 상대에게 전달할 수도 있단다.

이 스킬을 잘만 사용하면 우리 파티의 화력 부족 문제를 해결할 수 있을지도 모른다.

위즈의 스킬을 본 후, 나는 내 모험가 카드를 확인했다.

거기에는 《드레인 터치》라는 스킬명이 표시되어 있었다.

나는 스킬 포인트를 소비해서 망설임 없이 그 스킬을 습득했다.

"저, 저기, 아쿠아 님? 이제 됐으니, 손을 놔주셔도 돼요…… 그리고 아쿠아 님의 몸에 손을 대고 있으면 손이 찌릿찌릿하니까, 이제 그만 떼고 싶은데요……."

"……."

내가 그 말을 듣고 고개를 돌려보니, 아쿠아가 위즈의 오른손을 왼손으로 꼭 잡은 걸로 모자라, 그녀의 손 위에 오른손을 포개어 잡고 있었다.

"아, 아쿠아 님? 저기, 손이 후끈거린다고나 할까…… 아, 아파요. 저기, 아프다고요! 아쿠아 님, 제 몸이 점점 증발하듯 정화되고 있는데요! 아, 아쿠아 님, 사라져요, 사라진다고요! 저, 진짜로 사라질 거 같단 말이에요!"

"너, 은근슬쩍 무슨 짓을 하는 거야."

"아얏!"

나는 위즈를 괴롭히는 아쿠아의 머리를 때렸다.

기분 탓인지 위즈가 희미해진 것처럼 보였다.

―바로 그때였다.

"실례합니다. 위즈 씨 계십니까?"

그렇게 말하며 가게 입구의 종을 울리면서 안으로 들어온 사람은 중년의 남성이었다.

""""악령?""""

······이 나타났다고 한다.

위즈를 찾아온 그 남성은 부동산을 하고 있다고 했다.

요즘 들어 이 마을의 빈집에 각양각색의 악령이 살기 시작했다고 한다.

모험가 길드 측과 의논을 하기도 했지만, 이런 일은 처음이라 대처할 수가 없다고 한다.

그것도 그럴 것이, 악령 토벌 퀘스트를 발주해 퇴치하더라도, 또 새로운 악령이 나타나서 눌러앉아 버리는 것이다.

"악령을 아무리 퇴치해도 또 새로운 악령이 눌러앉고 있어요. 그래서 지금은 건물을 파는 건 고사하고, 건물에 눌러앉은 악령을 퇴치하는데 급급한 상황이죠."

남자는 지친 표정으로 한숨을 내쉬었다.

그런데 왜 위즈에게 상의를 하러 온 것일까?

그런 의문이 내 얼굴에 드러났는지, 그는 나에게 말했다.

"위즈 씨는 가게를 차리기 전까지는 고명한 마법사셨죠. 상점가 사람들은 곤란한 일이 생기면 위즈 씨와 의논해요. 특히 언데드와 관련된 문제에서는 위즈 씨는 전문가나 다름없죠. 그래서 이렇게 상의를 하러 온 겁니다."

아하. 그러고 보니 리치는 언데드의 왕 같은 존재지.

이 사람은 위즈의 정체를 모르는 것 같지만, 위즈라면 이 문제의 적임자일 것이다.

하지만 그는 위즈의 얼굴을 쳐다보면서 난처한 표정을 지었다.

"그런데, 저기……. 위즈 씨, 오늘은 몸이 좋지 않아 보이는 군요. 평소에도 안색이 좋은 편은 아니지만, 오늘은 특히 나쁘네요. 저기, 뭐랄까……. 금방이라도 사라져버릴 것 같다고나 할까……."

"…………."

내가 아무 말 없이 아까 위즈를 정화하려 했던 아쿠아를 쳐다보자, 그녀는 거북한 표정을 지으며 고개를 돌렸다.

위즈는 괴로운 표정을 지으면서도 자신의 가슴을 두드리며 말했다.

"괜찮아요. 맡겨만 주세요. 마을 안에 있는 악령들을 처리하면 되는 거죠?"

"아, 아뇨! 모든 건물의 악령을 처리하고 싶은 게 아니라……. 저기, 예의 그 저택만 어떻게 했으면 해서……."

"아, 거기 말이군요. 으음……."

위즈는 남자의 말을 듣고 납득한 것처럼 고개를 끄덕였다. ……예의 저택?

"맡겨만 주세요. 그 저택을 헤매고 있는 악령만 어떻게 하면 되는 거죠?"

그렇게 말하면서 몸을 일으킨 위즈는 마치 힘이 빠지기라도 한 것처럼 비틀거렸다.

"아앗! 위, 위즈 씨, 몸이 좋지 않다면 무리하지 말아 주세요!"

그 남자는 허둥지둥 위즈를 부축했다. 그런 위즈를 더는 못 보겠다는 듯이, 아쿠아는 더욱 고개를 돌렸다.

나는 아쿠아를 향해 얼굴을 내밀면서 아무 말 없이 그녀를 뚫어져라 쳐다보았다.

"⋯⋯⋯⋯제, 제가, 할게요⋯⋯."

결국 참다 못한 아쿠아가 낮은 목소리로 중얼거렸다.

5

"⋯⋯이 저택이구나."

마을 교외에 있는 한 저택.

남자의 말에 따르면 방 숫자는 그렇게 많지 않다고 하지만, 꽤 괜찮은 집이었다.

일본의 일반 가옥보다 몇 배나 큰 그 저택은 원래 어떤 귀족의 별장이었다고 한다.

하지만 그 귀족이 이 별장을 처분하기로 마음먹고 팔기위해 내놓았을 즈음, 이 악령 소동이 벌어진 것이다.

"나쁘지 않네! 응, 나쁘지 않아! 내가 살기에 딱 적당한 곳 같아!"

조그마한 가방을 손에 든 아쿠아는 흥분한 목소리로 고함을 질렀고, 그녀와 마찬가지로 가방을 한 손에 든 메구밍의 얼굴은 어째선지 홍조를 띠고 있었다.

이 저택에 산다.

아쿠아가 미쳐서 헛소리를 한 것은 아니다.

이 저택은 크기 때문에 그 만큼 많은 악령이 몰려들었고 그 결과, 현재 이 집에는 유령저택이라는 평판이 완전히 정착해버렸다고 한다.

그래서 이번에 악령 퇴치가 끝난 후, 보수로써 악령이 사라질 때까지 공짜로 이 저택에서 살게 해주겠다고 했다.

즉, 이 의뢰를 해결하면 겨울을 무사히 넘기기 위한 자금을 모으지 않아도 되는 것이다.

이 말을 들은 순간, 나는 내 운에게 감사했다.

"그런데 정말 악령을 쫓아낼 수 있겠나? 현재 이 마을에서는 아무리 악령을 퇴치해봤자 금방 새로운 악령이 나타난다고 들었다만."

커다란 가방을 짊어진 다크니스가 말했다.

그렇다. 원래라면 악령이 출몰하는 원인을 찾아서 그 원인을 제거하는 것이 가장 좋을 것이다.

하지만 우리가 맡은 임무는 이 저택에 나오는 악령을 퇴치하는 것이다.

그리고 좀 타산적인 이야기를 하자면, 악령 퇴치에 시간이 걸릴수록 이 저택에 오래 있을 수 있다.

"하지만 이 저택은 오랫동안 사람이 살지 않은 것 같네요. 악령 소동이 벌어진 건 요즘 들어서죠? 혹시 악령 소동이 벌어지기 전부터 여러모로 문제가 있었던 저택일지도 몰라요……."

메구밍은 불안한 소리를 했다.

"뭐, 뭐어, 설령 그런 문제 많은 저택이라고 해도 우리에게는 아쿠아가 있어. 그렇지? 괜찮지? 언데드 퇴치 전문가씨?"

불안한 마음이 들지 않는 것은 아니지만, 아쿠아가 지닌 아크 프리스트로서의 능력에는 아무런 문제도 없을 것이다.

……아마도 말이다.

"맡겨만 줘! ……오호라. 보여, 보인다구! 내 영시(靈視)에 의하면 이 저택에는 귀족이 재미 삼아 가지고 논 메이드가 낳은 여자애, 즉 그 귀족의 숨겨둔 자식이 유폐되어 있었던 것 같아! 원래 몸이 약했던 귀족은 병사했고, 숨겨둔 자식의 어머니인 메이드도 행방불명이 되었어. 결국 이 저택에 홀로 남겨진 소녀는 어린 나이에 아버지와 같은 병에 걸렸고, 이윽고 부모님의 얼굴도 모른 채 홀로 쓸쓸히 죽음을 맞이한 거야! 이름은 안나 피란테 에스테로이드. 좋아하는 건 인형, 그리고 모험가들의 모험담! 그래도 안심해. 이 유령은 나쁜 애가 아냐. 우리에게 해를 끼치지는 않을 거야! 아, 하지만 어린애인데도 좀 어른스러운 짓을 좋아하는 것 같네. 달콤한 술을 마시기도 했었나 봐. 그러니까, 공물로는 술을 준비하도록 해, 카즈마!"

나는 텔레비전에 나온 사기꾼 영능력자 같은 소리를 좔좔 쏟아내는 아쿠아를 미심쩍은 시선으로 쳐다보면서 다크니스와 메구밍에게 물었다.

"……저기, 어떻게 생각해? 어째서 그런 쓸데없는 설정과 이름까지 아는 거냐고 딴죽을 걸고 싶은 기분인데 말이야. ……저 녀석, 정말 괜찮을까? 나, 혹시 괜한 일을 맡아버린 걸까?"

""………….""

두 사람도 같은 불안을 느끼고 있는지, 내 질문에 대답하지 않았다.

6

한밤중.

우리는 장비를 벗은 후, 저택에서 느긋하게 쉬고 있었다.

이미 각자가 묵을 방은 정했고, 짐 또한 방으로 옮겨놓았다.

나는 아쿠아가 이 저택에 살게 되었으니 악령들이 제 발로 나가주지 않을까, 같은 아련한 기대를 품고 있었다.

혹은 언데드 컴온컴온 체질인 아쿠아의 방에 악령들이 떼로 몰려가주기를 바랐다.

여러모로 문제가 많기는 하지만, 그래도 아쿠아는 아크프리스트이자 여신이다.

자신의 집에서 악령 같은 것이 멋대로 날뛰는 것을 보고 있을 리가 없다.

나는 내 방으로 삼은 2층의 가장 큰 방에서 느긋하게 쉬고 있었다.

"아아아아아아앗?! 우에에에에엥~!!"

믿었던 아쿠아의 울음소리가 들릴 때까지는 말이다.

"무슨 일이야?! 어이, 아쿠아! 괜찮아?! 대체 무슨 일이 벌어진 거야?!"

허둥지둥 아쿠아의 방으로 뛰어간 나는 방문에 노크를 했다.

대답이 없었기에 위험한 사태가 벌어졌다고 판단한 나는 힘차게 문을 열었다.

그러자…….

"으…… 으윽……. 카, 카즈마아아아앗!"

방 중앙에서 빈 술병을 소중히 끌어안은 채 울고 있는 아쿠아의 모습이 눈에 들어왔다.

……어이.

"으음, 대체 무슨 일이야? 그리고 너, 술병을 안고 뭐하고 있는 거야? 술 취해서 괴성을 지른 거라면 크리에이트 워터로 네 얼굴에 확 물을 뿌려버릴 거야."

"아, 아냐! 이 술병 안에 있던 술은 내가 마시지 않았어! 이건 내가 소중히 아껴뒀던 엄청 비싼 술이야. 목욕하고 난 후에 느긋하게 홀짝일 생각이었어! 그런데 방에 돌아와 보니 보다시피 한 방울도 남아있지 않더라구우우우우우웃!"

잠이나 자자.

"그랬구나. 그럼 잘 자. 내일 봐."

"아앗?! 기다려, 카즈마! 이건 악령의 짓이 분명해! 이 저택에 모여든 야생 유령의 짓이거나, 이 집에 들러붙어 있는 귀족의 숨겨둔 자식인 지박령의 짓이 틀림없어! 나, 저택 안을 탐색하면서 유령들을 보이는 족족 작살내고 올게!"

야생 유령이라는 게 이 세상에 존재하는 건가, 같은 의문이 들기는 했지만 자처해서 유령을 퇴치해준다는 걸 말릴 필요도 없었다.

"……대체 무슨 소동이지?"

"밤이 깊었으니 적당히 좀 해요. 대체 무슨 일이에요?"

아쿠아의 울음소리를 들었는지, 다크니스와 메구밍이 이곳으로 왔다.

"아쿠아가 아껴둔 술을 악령이 마신 것 같아. 그래서 이 오밤중에 악령을 퇴치하겠다고 난리를 피우네. 대체 왜 악령이 술 같은 걸 마신 거냐고 딴죽을 걸고 싶지만, 만사가 귀찮으니까 나는 돌아가서 잘래. 뒷일은 너희가 알아서 해."

방으로 돌아가는 나를 아쿠아가 비난했지만, 나는 들은 척도 하지 않았다.

악령의 나쁜 짓이 아껴둔 술을 몰래 마셔버리는 정도라면 그냥 방치해둬도 문제가 되지는 않을 것이다.

7

곤히 잠을 자던 나는 문득 한밤중에 잠에서 깼다.

저택 안은 정적이 흐르고 있었다. 아무래도 꽤 늦은 시간인 것 같았다.

—화장실에 가고 싶다.

나는 자고 있던 침대에서 몸을 일으키······.

······려고 했지만, 몸이 움직여지지 않았다.

이게 뭐지. ······가위에 눌린 건가?

목소리를 내려고 해도 낮은 신음소리밖에 나지 않았기에 아쿠아에게 도움을 요청할 수도 없었다.

이런 상황에서, 나는 문득 엄청난 사실을 깨달았다.

바로 방광이 한계에 도달한 것이다.

안 돼. 정신 차려. 나는 어른이라고.

어른이 되어서 실례해도 되는 건, 특수한 가게 안에서나 호호 할아버지뿐이야!

내가 몸을 움직일 수 없는 상황에서 이를 악물며 소변을 참고 있을 때, 방구석에서 소리가 들렸다.

—달깍.

그 소리는 정적이 흐르는 저택 안에서 매우 크게 울려 퍼졌다.

그 소리를 들은 나는 몸을 움직일 수 없는 상태에서 시선만 움직여 방구석을 쳐다보았다.

어둠이 드리워진 방구석에는…….

언제부터 거기에 있었던 건지는 모르겠지만, 조그마한 서양식 인형이 놓여 있었다.

"…………윽!"

나는 무의식적으로 마른 침을 삼켰다.

식은땀이 쉴 새 없이 뿜어져 나왔다.

뭐지. 왜 저런 곳에 인형이 있는 거지.

나는 저런 곳에 인형을 둔 기억이 없다. 혹시 내가 잠든 사이에 아쿠아가 장난삼아 인형을 몰래 가져다둔 것일까.

응. 그래. 틀림없어.

그 잉여신 녀석, 아침이 되면 따끔하게 혼내줘야지.

아무런 근거도 없이 아쿠아의 탓이라고 결론을 내린 나는 눈을 감으면서 현실 도피를 했다.

—달깍.

방 안에 울려 퍼지는 그 소리를 들을 때마다, 눈을 감고 있는 내 몸에서 땀이 줄줄 흘러나왔다.

그래. 전부 아쿠아 탓으로 넘겨짚는 건 좀 그래…….

맞아. 그 녀석도 나름대로 열심히 하고 있잖아. 때로는 상냥하게 대해주자고.

—달깍.

그 녀석은 여신님이니까 말이야.

그래, 이 저택에는 여신님이 살고 있다고.

악령? 그게 뭔데? 그런 건 아쿠아 양한테는 식은 죽 먹기나 다름없는 상대잖아. 우리 아쿠아는 리치조차도 정화할 수 있는 여신님이야.

달깍.

달깍.

달깍—!

아아, 아침이 되면 아쿠아에게 지금까지 무례했던 걸 사과해야지. 확실히 나는 여신님에게 무례한 짓을 너무 많이 했던 것 같아. 응. 반성하자. 반성하고 있어요.

—달깍달깍달깍달깍, 달깍달깍달깍달깍!

아아아아아아아아, 진심으로 사과할게!

사과할 테니까, 아쿠아 님, 도와주세요!

……내 참회와 기도가 하늘에 닿은 것인지, 방구석에서 들려오던 소리가 멎었다.

다행이야. 역시 악령 같은 건 없었던 거야.

나는 약간 안심했다.

그와 동시에 어떤 욕구가 샘솟았다.

—눈을 뜨고 싶다.

눈을 떠서, 아까 그 인형이 지금 어쩌고 있는지 확인하고 싶다.

하지만 내 감이 전력으로 그러지 말라고 속삭이고 있었다.

어쩌지. 진짜로 신경 쓰여. 하지만 눈뜨는 건 무서워. 하지만 이대로 있는 것도 무서워!

나는 잠시 동안 고민하고 고민한 후, 이대로 있다간 화장실에도 갈 수 없다는 사실을 떠올렸다.

결국 각오를 다진 나는 눈을 희미하게 떴고…………

코앞에서 내 얼굴을 뚫어져라 쳐다보고 있는 서양식 인형과 눈이 마주쳤다.

"우와아아아아아아아아아아아아아아아아아아아아아아

아아아아아아아아아아!!"

혼을 쥐어짜내는 듯한 절규를 토하는 것과 동시에 몸을 움직일 수 있게 된 나는 눈앞에 있는 인형을 있는 힘껏 쳐냈다!

8

"아쿠아~! 아쿠아 니이이이이이이임~!"

나는 아쿠아의 방으로 이어지는 통로를 맨발로 뛰었다.

등 뒤에서는 뭔가가 나를 쫓아오는 소리가 들렸다.

무서워, 무서워, 무진장 무서워! 저건 뭐야?! 어째서 이런 일이 벌어진 거야?!

―달칵! 달까까까까깍, 달깍달깍달깍달깍!

등 뒤에서 흘러나오는 불길한 소리를 들으면서 아쿠아의 방 앞에 도착한 나는 노크도 하지 않고 방 안으로 뛰어 들어갔다.

그리고 허둥지둥 문을 닫은 후, 그대로 문을 잠갔다.

바로 그 순간, 문에 뭔가가 부딪히는 소리가 났다.

그 소리를 들으면서 나는 방 안을 둘러보았다.

방 안에는 아쿠아가 없었다.

그 대신 붉은 색으로 반짝이는 눈을 지닌 흑발 소녀가 어둠이 드리워진 방 중앙에 주저앉아 있었다.

"히이이이이이이이이이이익!"

"꺄아아아아아아아아아앗!"

내가 무심코 비명을 지르자, 눈앞에 있는 흑발 소녀도 비명을 질렀다.

그 목소리가 귀에 익다는 생각이 든 내가 유심히 살펴보니, 그 소녀는 바로 잠옷 차림의 메구밍이었다.

나와 메구밍은 한 동안 고함을 지른 후에야 마음이 조금 진정되었다.

방 밖에서는 뭔가가 문을 두드려대는 소리가 들렸다.

뭐가 문을 두드려 대고 있는지는 무서워서 생각하고 싶지 않다.

"노, 놀랐잖아, 메구밍. 하마터면 너 때문에 지릴 뻔 했다고."

"그건 제가 할 말이에요! 왜 카즈마가 이 방에 온 거죠?! 아쿠아가 돌아온 줄 알았는데……!"

나는 메구밍의 말을 듣고 퍼뜩 깨달았다.

"그러고 보니 메구밍이 왜 아쿠아의 방에 있는 거야? 아니, 그것보다 아쿠아는 어디 간 건데?"

내 말을 들은 메구밍은…….

"으……. 저기, 그게……. 인형이, 말이죠. 이곳저곳에서 날뛰어 대서……."

아하, 메구밍도 나와 같은 일을 겪었구나.

"그래서………… 저기…… 아쿠아에게 보호받을까 해서………… 그리고, 함께 화장실에…… 가고 싶어서……."

"……너도 당했구나……."

내가 그렇게 중얼거리자, 메구밍 또한 내가 그녀와 같은 일을 당했다는 것을 눈치챈 것 같았다.

"카즈마도 인형에게 쫓긴 건가요? 아마 아쿠아는 다크니스와 함께 이 저택 안의 악령들을 없애고 있을 거예요."

"……아쿠아는 그렇다 쳐도, 다크니스는……. 아, 그러고 보니 그 녀석은 크루세이더였지."

다크니스가 하는 짓을 보면 상상이 잘 되지 않지만, 원래 크루세이더는 신을 모시는 성기사이자, 경건한 신도다.

프리스트만큼은 아니지만, 신성한 힘도 사용할 수 있으리라.

방어 바보인 다크니스가 마법계 스킬을 익혔을 것 같지는 않지만, 스킬이 없더라도 신에게 기도 정도는 올릴 수 있으리라.

하지만 그렇다면 나와 메구밍은 매우 난처한 상황에 처했다고 할 수 있다.

당황한 나머지 무기를 방에 놔둔 채 도망쳐 나오고 만 것이다.

메구밍도 지팡이를 가지고 있지 않았다.

하긴 지팡이가 있더라도 이런 곳에서 폭렬마법을 사용했

다간 난리가 날 것이다.

이 상황을 타개할 방법을 찾기 위해 고민하고 있을 때, 뭔가를 눈치챈 메구밍이 입을 열었다.

"카즈마, 문밖에서 아무 소리도 안 나요. 지금은 문밖에 인형이 없는 게 아닐까요?"

그러고 보니 소리가 들리지 않았다.

하지만, 솔직히 말해 문밖으로 나가는 게 무서웠다.

리치도 정화시킨 아쿠아가 이런 인형 따위에게 당했을 리가 없다.

그렇다면 이대로 이 방에서 가만히 있으면, 아쿠아와 다크니스가 유령 퇴치를 끝마치고 금방 돌아올 것이다.

—하지만, 문제가 하나 있었다.

"어이, 메구밍. 문 쪽을 쳐다보면서 귀 좀 막고 있어. 나, 베란다에서 실례 좀……."

이 문제를 손쉽게 해결하기 위해, 허리에 찬 벨트를 향해 손을 뻗으며 베란다로 향하려…….

……한 내 벨트를, 메구밍이 절대 보내주지 않겠다는 듯이 한사코 움켜잡았다.

"어이, 뭐하는 거야. 놔. 안 그러면 내 바지와 이 방 융단에 대참사가 벌어질 거야."

"못 놔요. 왜 혼자서 홀가분해지려고 하는 거죠? 저희는 동료잖아요. 화장실에 가든, 볼일을 보든, 할 때는 같이 해야 할 거 아니에요……."

메구밍은 그렇게 말하면서 미소를…….

"에이, 놔! 이럴 때만 동료의 유대를 들먹이지 말라고! 너, 홍마족은 화장실에 안 간다고 했잖아! 정 급하면 저기 있는 빈 술병을 이용하라고!"

"방금 당치도 않은 소리를 했죠?! 빈 술병으로 대체 뭘 하라는 거죠?! 카즈마 뜻대로는 안 돼요! 저도 카즈마가 볼 일을 보고 있을 때, 등 뒤에서 흔드는 것 정도는 할 수 있……다……고요…………."

갑자기 잦아든 메구밍의 목소리를 듣고 이상하다고 생각한 나는 그녀를 향해 고개를 돌렸다.

그리고 메구밍이 내가 향하려고 하던 베란다의 창문을 응시하고 있다는 사실을 알았다.

……내가 불길한 예감을 느끼면서 그쪽을 쳐다보니…….

거기에는 예상 대로라고나 할까, 예상 밖이라고나 할까…….

수많은 인형이 베란다 창문에 찰싹 달라붙은 채 우리 쪽을 쳐다보고 있었다.

""우와아아아아아아아아앗!""

나와 메구밍은 동시에 비명을 지르면서, 사이좋게 방밖으로 부리나케 도망쳤다.

9

"으으……. 카즈마, 거기 있죠? 혼자 다른데 가지 마세요."

"있어. 있다고. 만약 인형이 튀어나와도 두고 가지 않을 테니까 빨리 볼일 보고 나와."

저택 안을 내달린 나와 메구밍은 근처에 있는 화장실에 숨었다.

둘 다 몸을 제대로 움직일 수 없을 정도로 방광이 한계에 도달했기 때문이다.

먼저 볼일을 본 나는 메구밍이 화장실에서 나올 때까지 문 앞에서 기다리고 있었다.

메구밍은 내가 혼자 어디 가버릴까 걱정되는지 아까부터 계속 나에게 말을 걸었다.

"……저기, 카즈마. 부끄러워서 그러는데, 좀 큰 목소리로 노래를 불러주지 않겠어요?"

"뭐가 아쉬워서 한밤중에 화장실 앞에서 노래를 불러야 하냐고! 어차피 앞으로 야외나 던전에서 이런 상황에 몇 번이나 처할 거잖아!"

메구밍에게 딴죽을 날리기는 했지만, 실은 기다리고 있는 나도 조금은 부끄러웠기에 어쩔 수 없이 노래를 부르기 시작했다.

내가 아는 노래는 일본 노래밖에 없었기에 적당히 큰 목소리로 아카펠라를 불렀다.

"……휴우. 저기. 이제 됐어요, 카즈마. 그건 그렇고 한 번도 들어본 적 없는 이상한 노래네요. 전부터 궁금했던 건데, 카즈마는 어느 나라 출신이죠?"

"일본이라는 나라 출신이야. 거기는 한밤중에 화장실 앞에서 노래 부르는 풍습이 있는 멋진 나라지. 자, 가자. 빨리 아쿠아를 찾아서 합류하는 거야."

내가 대충 그렇게 말하자, 메구밍은 아무 말 없이 내 뒤에 꼭 붙었다.

아무튼 현재 나와 메구밍은 악령에게 대항할 방법이 없다.

그러니 한시라도 빨리 아쿠아 일행과 합류해야만 한다.

—바로 그때였다.

나와 메구밍이 화장실에 딸린 세면장 밖으로 나가려고 한 순간…….

딸깍— 딸깍— 딸깍— 딸깍—.

그 불길한 소리가 들리자, 나는 복도로 이어지는 문 앞에서 몸을 숙였다.

옆에 있는 메구밍은 내 옷자락을 꼭 움켜쥐더니 부르르 떨면서 나와 몸을 밀착시켰다.

무섭다. 인형이 무지막지하게 무섭다.

저런 인형에게 살해당하는 일이야 없겠지만, 한밤중에 서양식 인형에게 쫓기니 엄청 무서웠다.

부들부들 떨고 있던 메구밍이 내 옷자락을 놓더니, 양손을 앞으로 내밀면서 작은 목소리로 뭔가를 읊조리기……!

"어이, 너 지금 뭘 영창하고 있는 거야! 이 저택을 통째로 날려버릴 생각이냐?!"

공포에 질린 나머지 폭렬마법을 영창하기 시작한 메구밍의 입을 손으로 막은 나는, 그녀가 날뛰지 못하도록 몸을 눌렀다.

—어느새 그 딸깍딸깍 하는 소리가 문 앞에서 멈췄다.

떨면서 내 손을 잡은 메구밍이 나를 올려다보았다.

젠장, 싸울 수밖에 없는 거냐!

"메구밍, 문이 열리면 너는 바로 도망쳐! 나는 얼마 전에 배운 드레인 터치로 인형에게서 마력을 흡수하겠어! 인형에게 공격 좀 받더라도 아마 죽지는 않을 거야!"

내가 그렇게 외치자, 메구밍은 입이 막힌 상태에서 고개를 끄덕였다.

"우라얏! 덤벼, 이 악령 자식아아아아아아앗! 나중에 우리 광견 여신을 보내서 아예 작살을 내주마아아아아앗!"

내가 고함을 지르면서 문을 힘차게 연 순간, 쿵! 하고 뭔가가 문에 부딪혔다.

어쩌면 쫓아오던 인형을 문을 열면서 튕겨낸 걸지도 모른다.

메구밍의 손을 잡고 문밖으로 뛰쳐나간 후 그대로 부리나

케 도망치려……!

"아쿠아! 어, 어이, 아쿠아, 괜찮나?!"

……했던 나는 문 앞에서 얼굴을 감싸 쥔 채 주저앉아 있는 아쿠아와, 힘없이 바닥에 널브러져 있는 인형…… 그리고 아쿠아에게 말을 거는 다크니스 앞에서 딱딱하게 굳어 버렸다.

10

"휴우, 이걸로 끝~. 으음, 꽤 많았네~. 결국 아침까지 걸리고 말았잖아."

인형에 붙은 마지막 악령을 정화한 아쿠아는 어느새 밝아진 창밖을 쳐다보며 중얼거렸다.

아쿠아는 언데드 퇴치 전문가답게 이 넓은 저택의 악령을 하룻밤 만에 전부 퇴치했다.

"흠, 일단 길드에 보고하는 편이 좋겠구나. 퀘스트를 받은 것은 아니지만, 원래 모험가 길드에서 처리해야 할 일이니까 말이다. 이 마을의 악령 저택 중 하나를 정화했으니, 임시 보수 정도는 받을 수 있을지도 몰라. 그리고 갑자기 이 마을에 악령이 대량으로 출몰하게 된 원인도 알고 싶군."

다크니스의 말에 모두가 동의했다.

다크니스와 메구밍에게 난장판이 된 저택 안을 정리해달라고 부탁한 후, 나와 아쿠아는 길드에 보고를 하러 갔다.

그 와중에 나와 아쿠아는 저택에 나타난 악령에 관해 이야기했다.

"그런데 저택에 들러붙어 있던 유령이 귀족의 숨겨둔 자식이라는 이야기는 어떻게 된 거야? 그 녀석은 악령이 아니니 우리에게 해를 끼치지 않을 거라고 네 입으로 말했었잖아."

아쿠아는 내 말을 듣더니 손뼉을 쳤다.

"아앗! 그러고 보니 그런 애도 있었지! 안심해. 이번 일은 어딘가에서 나타난 야생 유령들의 짓이었어. 하지만 내 고급술을 마신 건 아마 그 귀족의 숨겨둔 자식일 거라고 생각해! 저기, 카즈마. 그 유령이 마신 술값 말인데, 유령 퇴치를 위한 필요 경비인 걸로……."

아쿠아의 말을 깔끔하게 무시한 나는 길드의 문을 열고 안으로 들어갔다.

"좋은 아침이에요. 좀 이른 시간이기는 하지만, 보고할게 있어서 왔는데 괜찮을까요?"

이른 아침인데도 불구하고, 접수 카운터에는 직원 누님이 있었다.

"예, 무슨 일이죠?"

나와 아쿠아가 부동산 업자에게 받은 의뢰, 그리고 저택에서 일어난 일을 설명하자 누님은 아쿠아의 모험가 카드를 확인하면서 고개를 끄덕였다.

그러고 보니 모험가 카드에는 쓰러뜨린 몬스터의 숫자와 정보가 기록된다고 했지.

"확실히 악령이 마을에 만연한 것 때문에 각계각층에서 길드 측에 상의를 해오고 있어요. 마을에 있는 몬스터를 퇴치한 것으로 인정해, 약간이지만 임시 보수를 드리죠. 수고하셨습니다."

그 말을 들은 나와 아쿠아는 아무 말 없이 주먹을 말아 쥐었다.

접수 카운터의 누님은 말을 이었다.

"수고를 끼쳐 죄송해요. 참, 악령이 갑자기 늘어난 원인이 판명되었어요. 이 마을에는 공동묘지가 있잖아요? 그 묘지에 누군가가 장난삼아 신성 속성의 거대 결계를 쳤어요. 그결계 탓에 묘지에서 발생한 유령이 갈 곳을 잃었고, 그대로 마을 안에 있는 빈집에 정착해버린 것 같아요……."

―그 말을 들은 아쿠아는 몸을 부르르 떨더니, 얼어붙은 것처럼 꼼짝도 하지 않았다.

…….

"잠깐 실례할게요."

나는 누님에게 그렇게 말한 후, 아무 말 없이 아쿠아를 길드 구석으로 끌고 갔다.

"어이, 짐작 가는 구석이 있는 거지? 말해 봐."

"……예. 일전에 위즈가 묘지를 방황하는 유령을 정기적으로 성불시켜달라고 부탁했잖아요. 하지만 매번 묘지까지 가는 게 귀찮더라고요. 그래서 묘지에 유령이 눌러앉지 못하게 만들면, 머지않아 알아서 다 없어질 거라고 생각했어요."

아쿠아는 체념했는지 존댓말로 이실직고를 했다.

즉, 게을러터진 이 녀석 때문에 묘지에 있을 수 없게 된 유령들이 마을로 흘러들어온 것이다.

……완벽한 부당거래다. 자기가 일으킨 문제를 직접 해결해서 이득을 취하다니, 이건 완전 사기잖아.

"……길드에서 주는 임시 보수는 안 받을 거야. 알았지?"

"…………예."

아쿠아는 미안해 죽겠다는 표정을 지으면서 순순히 고개를 끄덕였다.

"그리고 나와 함께 부동산 업자에게도 사과하러 가자. 이건 사기나 다름없다고."

"……………예. 진짜로 잘못했어요."

나와 아쿠아는 길드에서 나와 부동산 업자를…….

……찾아가기 전에, 다크니스와 메구밍에게 이 일을 알려

주기 위해 저택으로 향했다. 그랬더니 아니나 다를까 어제 만났던 부동산 업자가 저택에 와있었다.

"안녕하십니까. 좀 걱정이 되어서 보러 왔습니다만, 무사히 악령을 퇴치하신 것 같군요."

환한 미소를 지으며 그렇게 말한 남성이, 우리를 걱정해 줬다는 사실에 나는 더는 견딜 수가 없었다.

나와 아쿠아는 자초지종을 설명한 후, 악령 퇴치가 끝난 이 저택을 돌려주겠다고 남성에게 말했다.

……하지만.

"그랬군요. ……하지만 가능하면 앞으로도 이 저택에서 살아주시면 감사하겠습니다. 그것도 그럴 것이 저택이 넓은 만큼 다른 건물에 비해 많은 악령이 눌러 앉아서 난동을 피워댔거든요. 덕분에 꽤나 악평이…………."

""잘못했습니다!""

무릎을 꿇은 나와 아쿠아가 바닥에 이마가 닿을 정도로 고개를 조아리자, 그는 당황한 목소리로 말했다.

"아, 괜찮아요, 괜찮아! 고개를 드세요! 으음, 이렇게 하면 어떨까요? 여러분은 이대로 한 동안 이 저택에서 살아주십시오. 이 저택에 있던 대량의 악령을 퇴치한 걸 보면, 여러분은 꽤 실력 있는 모험가겠죠. 모험가 여러분에게 공헌하는 건 이 마을 주민의 의무입니다. 그리고 여러분이 이 저택에서 오랫동안 거주한다면, 악령 저택이라는 평판도 언젠가 사라질 테니……."

그의 배포가 큰 제안을 들은 나와 아쿠아는 또 무릎을 꿇으며 고개를 조아렸다.

"아아, 그만하세요! 그만하시라고요!"

11

이 저택에 사는 조건으로, 그는 우리에게 두 가지 부탁을 했다.

그 부탁이라는 것이 조금 독특한데…….

"모험이 끝나면, 저녁 식사라도 하면서 동료들과 함께 모험하면서 있었던 일들을 즐겁게 이야기해줬으면 한다. …… 꽤나 특이한 부탁이네. 뭐, 딱히 어려운 건 아니지만 말이야."

나는 저택 정원에서 몸을 굽힌 채 중얼거렸다.

이 세계에는 이상한 부탁을 하는 사람도 있구나.

그리고 다른 하나의 부탁은—.

"카즈마 씨, 안녕하세요! 무덤을 청소하고 있는 건가요?"

몸을 굽힌 채 잡초를 뽑던 내 등 뒤에서 누군가의 목소리가 들려왔다.

고개를 돌려보니, 어제보다 안색이 좋아 보이는 위즈의

모습이 보였다.

"이제 괜찮은 거야? 어제는 미안했어. 우리 파티의 멍청이가 민폐를 끼쳤잖아."

"아뇨. 저로서는 차라리 잘 되었다고 생각해요. 이제부터는 아마 쓸쓸하지 않을 테니까요."

위즈는 그런 영문 모를 말을 하면서 나를 향해 미소 지었다.

부동산 업자가 우리에게 내건 또 하나의 조건.

그것은 저택 정원 구석에 있는 이 조그마한 무덤을 관리하는 것이다.

그래서 나는 무덤 주위에 있는 잡초를 뽑고 있었다.

위즈는 잡초를 뽑는 나를 보면서 왠지 기뻐 보이는 표정을 짓고 있었다.

좀 있다 가지 않겠냐고 물어보니, 위즈는 가게를 봐야 한다면서 나를 향해 고개를 숙인 후 돌아갔다.

위즈는 무엇을 하러 온 것일까.

우리가 걱정되어서 와본 것일까.

나는 조그마한 무덤에 물을 뿌린 후, 비석을 깨끗하게 청소했다.

그러면서 유심히 보니, 비석에는 문자가 희미하게 새겨져 있었다.

분명 이 무덤 밑에 잠들어 있는 이의 이름이리라.

곳곳이 흐릿해서 잘 알아볼 수가 없었지만, 안나라는 이름은 읽을 수 있었다.

―안나. ……안나?

누구지? 그러고 보니 최근에 들어 본 듯한 이름인데…….

무덤 앞에서 몸을 웅크린 채 고민하고 있을 때, 저택 쪽에서 목소리가 들렸다.

"카즈마~! 밥 다됐으니까 빨리 와~! 빨리 안 오면 점심이 다 식어버릴 거라구!"

고개를 돌려보니, 저택 창문을 통해 고개를 내민 아쿠아가 나를 향해 손짓을 하고 있었다.

"알았어. 금방 갈 테니까 기다려~!"

나는 아쿠아를 향해 고함을 지른 후, 물기가 남아 있는 비석의 표면을 천으로 닦았다.

비석에는 『안나 피란테 에스테로이드』라는 이름이 새겨져 있었다.

역시, 최근에 어딘가에서 들은 적이 있는 느낌이…….

"카즈마~! 메구밍이 1분 늦을 때마다 카즈마의 튀김을 하나씩 줄일 거래. 그러니까 천천히 와도 돼. 그 만큼 우리 몫이 늘어나거든."

"기다려! 그딴 횡포를 용납할 것 같아!"

나는 무덤 청소를 끝낸 후, 저택을 향해 내달렸다.

1

저택을 손에 넣었다.

가장 우려되었던, 겨울 동안 지낼 주거지 확보라는 안건이 해결된 것이다.

나를 비롯해 우리 파티의 멤버 전원은 이 집에서 살기로 했다. 내용물에 문제가 있기는 해도, 나는 이성과 한 지붕 아래에서 같이 살게 되었다는 사실에 가슴이 두근거렸지만······.

"인마. 거기서 비켜. 나는 지금부터 부업을 할 거라고. 그렇게 추우면 네 방에서 이불이나 뒤집어쓰고 있어."

새로운 생활을 시작한 첫날부터 바로 문제가 발생했다.

겨울에는 강한 몬스터만 활동하기 때문에 우리는 마을에 틀어박혀 있을 수밖에 없지만······.

나는 한시라도 빨리 빚을 청산하고 싶었기 때문에 길드에서 부업을 받아왔다. 하지만 추위 때문에 손이 얼어서 원활한 작업을 할 수가 없었다.

그래서 저택 1층 응접실에 있는 난로 앞에서 일하고 싶었지만, 이곳을 자신의 특등석으로 삼은 아쿠아가 소파에 찰싹 붙은 채 격렬하게 저항하고 있었다.

　"싫어. 이불 안은 이미 완전히 식어버렸을 거란 말이야. 정 내가 다시 이불에서 자기를 원한다면 이불을 전자레인지로 데워줘."

　"이 세계에 전자레인지가 있을 리가 없잖아! 억지 부리지 말고 빨리 비켜! 내가 누구 빚 때문에 이렇게 일하고 있는 건데! 계속 방해한다면 나한테도 생각이 있다고."

　"뭐야. 한 판 붙자는 거야? 우리 둘 다 맨손이라면 스테이터스 수치가 무지막지하게 높은 내가 유리할 걸? 난로 앞은 내 성역이야. 이곳을 침범하는 자에게는 천벌이이이이이잇~!!"

　말을 듣지 않는 아쿠아의 목덜미와 등에 프리즈라는 이름의 천벌을 내려주자, 그녀는 비명을 지르면서 찰싹 달라붙어 있던 소파에서 굴러 떨어졌다.

　난로 앞에 놓인 그 소파에 앉은 나는 들고 있던 재료를 테이블 위에 놓으면서 말했다.

　"훗……. 이 자리는 이제 내 것이 된 것 같네. 자, 나와 같이 부업을 할 생각이 없으면 저쪽에 있는 두 사람과 놀고 있어."

　나는 목덜미를 움켜쥔 채 융단 위에서 부들부들 떨고 있는 아쿠아를 향해 사라지라는 듯이 손을 휘휘 내저었다.

응접실 중앙에서는 다크니스와 메구밍이 체스나 장기와 비슷한 이 세계의 보드게임을 하고 있었다.

"후후. 제 군세의 힘을 보여드리죠. 이 칸으로 오크 병사를 텔레포트."

"메구밍, 위저드를 치사하게 써먹는구나. ……여기로 크루세이더를 이동, 그리고 체크메이트다!"

"텔레포트."

마법의 개념이 존재하는 이 세계는 체스 같은 게임의 룰도 지구와 약간 달랐다.

나는 저 보드게임을 메구밍과 같이 한 적이 있는데, 적의 킹이 보드판 밖으로 텔레포트한 순간, 두 번 다시 하지 않기로 결심했다.

바로 그때, 목을 움켜쥔 채 부들부들 떨고 있던 아쿠아가 벌떡 일어나더니 품속에서 자신의 모험가 카드를 꺼내 나를 향해 내밀었다.

"카즈마, 이 카드의 레벨 란을 잘 봐! 나는 현재 우리 네 명 중에서 가장 레벨이 높다구. 이제 베테랑이라고 불려도 이상하지 않을 레벨이란 말이야! 레벨이 20도 안 되는 햇병아리 주제에 정말 건방지네! 자, 주제를 알았으면 이 아쿠아 님에게 난로 앞자리를 양보해!"

그녀가 내민 카드를 보니, 확실히 레벨이 올라가 있었다.

표시 레벨은 21이었다.

지금 생각해보니 아쿠아는 마왕군 간부인 베르디아를 토벌했고, 일전에 던전에서 대량의 언데드를 정화한 걸로 모자라, 리치까지 정화했었다.

아쿠아의 성장을 기뻐하는 것과 동시에, 레벨을 추월당했다는 사실을 분하게……

……어라?

"……어이, 아쿠아. 너, 레벨이 올라갔지만 스테이터스 수치는 전혀 변화가 없잖아. 이유가 뭐야?"

"카즈마 너, 바보지? 나를 뭐로 보는 거야? 스테이터스는 처음부터 MAX 상태였다구. 스테이터스는 처음부터 MAX. 초기 스킬 포인트도 연회용 장기자랑 스킬과 아크 프리스트의 모든 스킬을 전부 익힐 수 있는 양을 처음부터 보유하고 있었어. 흔해빠진 일반 모험가와 나를 동일선상에 두지 말라구."

나는 그 말을 듣고 아쿠아의 카드를 놓쳤다. 그리고 그대로 무너지듯 융단 위에서 무릎을 꿇었다.

그런 나를 본 아쿠아는 의기양양한 미소를 지었지만, 나에게는 그런 그녀를 신경 쓸 여유가 눈곱만큼도 없었다.

—즉, 이 녀석은 아무리 레벨을 올려도 지력이 상승하지 않는 것이다.

나는 카드를 주워서 아쿠아에게 돌려준 후, 그녀에게 난로 앞자리를 양보했다.

"어머? 너답지 않게 순순히 양보하네. ……저기, 왜 우는 거야? 그렇게 레벨을 추월당한 게 충격인 거야? ……저, 저기, 왜 내 어깨를 두드리면서 상냥한 표정을 짓는 건데? 왜 그렇게 불쌍한 사람이라도 보는 듯한 눈으로 나를 쳐다보는 거야?"

난로 앞자리에 아쿠아를 앉힌 나는 일을 할 기분이 아니었기에, 바람이라도 쐴 겸 마을에 나가보기로 했다.

2

마을 안에는 눈이 쌓여 있었고, 추위 때문에 사람들의 왕래도 거의 없었다.

이 세계의 주민들에게 있어 겨울은 집에 틀어박혀 지내는 계절이다.

흉포한 몬스터만 활동하는 이 시기에 갑옷을 입고 퀘스트를 수행하러 나가는 사람은 일본에서 온 치트 보유자들뿐이다.

그리고 이런 추운 날씨에 마을 안을 돌아다니는 이는 나처럼 한가한 사람이나…….

―내 앞에서 수상한 움직임을 보이고 있는 내 지인들 뿐이리라.

나는 뒷골목에 있는 한 가게를 살펴보며 머뭇거리고 있는 두 명의 지인에게 말을 걸었다.

"키스, 더스트. 너희 대체 여기서 뭐하고 있는 거야?"

""우왓?!""

내가 등 뒤에서 말을 걸자, 키스와 더스트는 화들짝 놀랐다.

두 사람은 현재 모험가답지 않게 러프한 복장을 하고 있었다.

"뭐, 뭐야, 카즈마잖아. 너 때문에 깜짝 놀랐잖아. 정말, 잠복 스킬을 가진 녀석들은 하나같이 요 모양 요 꼴이라니깐……."

나를 본 키스는 안도한 듯한 표정을 지으면서 말했다.

당연하게도 나는 잠복 스킬 같은 것은 사용하지 않았다.

"여어. 오늘은 그 세 사람과 따로 행동하고 있는 거야?"

더스트는 내 주위를 힐끔힐끔 쳐다보았다.

뭐, 그 녀석들 때문에 톡톡히 고생했으니 경계하는 것도 무리는 아닐 것이다.

"지금 여기에는 나밖에 없으니까 안심해도 돼. 그렇게 질색을 할 정도로 그 녀석들이 거북한 거야? 아무튼, 나는 집에서 지내는 게 지겨워져서 산책 나온 거야. 너희는 여기서 뭘 하고 있는 거야?"

내 말을 듣고 안심한 듯한 더스트는 안도의 한숨을 내쉬면서 말했다.

"아니, 그게…… 우리는 그러니까, 말이야. 뭐, 그 누님들이 여기 없다면 괜찮아. 아니, 여자를 데리고 온 것만 아니면 딱히 신경 쓸 필요도 없지."

……응?

그게 무슨 소리지? 여자가 보면 곤란한 짓이라도 하고 있는 건가?

나의 그런 생각이 얼굴에 드러났는지, 키스는 히죽거리면서 말했다.

"평소에 미녀들에게 둘러싸여 있는 카즈마와는 상관없는 일이야. 나와 더스트는 옆구리가 시린……."

"잠깐만."

갑자기 더스트가 키스의 말을 막았다.

그리고 그는 나를 동정어린 시선으로 쳐다보면서…….

"키스……. 카즈마는 그런 녀석이 아냐. 언뜻 보기엔 하렘을 이룬 것 같지만, 실은 그렇지 않다고. ……이 녀석은 우리의 동료야. 진짜로 고생을 많이 하고 있다고."

……구구절절한 목소리로 그렇게 말했다.

아아, 그래……. 이 녀석은 그때, 많은 고생을 했었지…….

……좋아. 빚쟁이 신세이기는 하지만, 다음에 기회가 된

다면 더스트에게 밥이라도 사주자.

3

어릴 적, 아버지가 맛있게 마시는 맥주를 한 모금 마셔보고 토한 적이 있었다.

—그때 다시는 술을 마시지 않겠다고 어린 마음에 맹세했지만, 나는 현재 이세계에서 대낮부터 술을 마시고 있었다.

해서는 안 되는 짓을 하고 있는 기분이 들기는 했지만, 이세계는 내가 원래 있던 세계와는 법도 다르고 상식도 다르다.

이 세계에서는 미성년자가 술을 마셔서는 안 된다는 법이 없으며, 뭔가 문제가 발생하더라도 철저하게 자신이 책임을 져야만 한다.

술을 맛있다고 생각하지는 않지만, 그래도 참고 마시다보니 왠지 기분이 알딸딸해졌다.

이 느낌이 좋아서 사람들은 술을 마시는 걸까.

대낮부터 남자 셋이 모여 길드 술집에서 술을 마시고 있을 때, 키스가 투덜대듯 말했다.

"하아, 정말. 이 시기에는 할 일이 없어 죽겠다니깐. 오, 카즈마도 꽤 잘 마시잖아. 자아, 쭉 들이켜라고!"

나에게 술을 따라준 키스는 햐햐햐 하고 웃었다.

키스는 술이 들어가면 웃는 버릇이 있는 것 같았다.

"하아……. 겨울이 되면 타인의 체온이 그리워진다니깐……. 카즈마가 얼마나 고생하는지는 알고 있지만, 그래도 이 시기에는 네가 조금 부러워."

더스트는 그런 소리를 하면서 땅이 꺼져라 한숨을 내쉬었다.

겨울에는 할 일이 없기 때문일까, 길드 내부에 있는 이 술집에는 우리 외에도 꽤 많은 이들이 대낮부터 술을 마시며 잡담을 나누고 있었다.

모험가라는 녀석들 중에는 전직 은둔형 외톨이인 나 못지않은 폐인들이 많은 것일지도 모른다.

나는 그런 생각을 하면서 아까부터 신경 쓰였던 것을 두 사람에게 물었다.

"아, 맞다. 그런데 너희는 그런데서 대체 뭘 하고 있었던 거야?"

아까 두 사람은 뒷골목에 있는 가게에 들어갈지 말지 고민하고 있는 것처럼 보였다.

그 가게가 뭐하는 곳인지 조금 신경 쓰였다.

내 말을 들은 두 사람은 서로를 쳐다보면서 고개를 끄덕이더니…….

키스가 들고 있던 술잔을 내려놓으면서 진지한 표정을 지었다.

"카즈마. 나는 너를 신용해. 지금부터 내가 하는 이야기는 이 마을에 있는 남성 모험가들이 공유하고 있는 비밀이자, 절대 유출해서는 안 되는 이야기야. 카즈마, 네 여자 동료들에게 절대 말하지 않겠다고 약속할 수 있어?"

나는 키스가 자아낸 무거운 분위기에 약간 압도당하면서도 고개를 끄덕였다.

그 모습을 본 키스도 고개를 끄덕였다.

그리고 더스트는 주위 사람들에게는 들리지 않을 만큼 낮은 목소리로 말했다.

"카즈마. 이 마을에 서큐버스들이 좋은 꿈을 꾸게 해주는 가게가 있다는 건 알고 있냐?"

"자세하게 말해봐."

—나는 더스트의 말을 듣자마자 바로 그렇게 말했다.

얼굴이 약간 발그레해진 더스트는 술잔을 내려놓으면서 가르쳐줬다.

"이 마을에는 서큐버스가 살고 있어. 뭐, 그 녀석들은 인간이 지닌 불끈불끈하는 욕망, 즉 남자의 정기를 빨아먹으면서 사는 악마지. 그러니 그녀들에게 있어 인간 남성은 생존을 위해 꼭 필요한 존재야."

흠흠.

나는 시끄러운 술집 안에서 더스트의 말에 열심히 귀를

기울였다.

"그래서 그녀들은 우리의 정기를 흡수하는데……. 이 마을의 남성 모험가들과 이 마을에 사는 서큐버스들은 공생 관계를 구축했지. ……우리는 보통 마구간에서 생활하고 있잖아? 그래서 이런저런 것들이 쌓일 수밖에 없다고. 하지만 다른 모험가들이 주위에서 자고 있는 탓에, 불끈불끈하더라도 아무 짓도 할 수 없어."

"그, 그래."

나는 고개를 끄덕였다.

딱히 찔리는 데는 없는데도 내 볼을 타고 땀 한 방울이 흘러내렸다.

그래. 찔리는 데는 없다고.

"그렇다고 해서, 근처에서 자고 있는 여자 모험가에게 이상한 짓이라도 해봐. 그랬다간 바로 다른 여자 모험가에게 들켜서 몰매를 맞던가, 이상한 짓을 하려고 했던 여자 모험가가 몰래 가지고 있던 단검으로 남자의 거기를 뎅겅 잘라버릴지도 몰라."

더스트는 그 말을 하면서 온몸을 부르르 떨었다.

그 모습을 본 키스가 말했다.

"너, 아직도 린에게 장난치려고 했을 때 생겼던 트라우마가 아물지 않은 거야?"

"시, 시끄러워! ……아무튼, 그래서 서큐버스들은 잠이 든 우리에게 엄청난 꿈을 보여주는 거야. 우리는 쌓여있던 욕망을 해소할 수 있고, 그녀들은 생명을 유지할 수 있어. 그녀들도 우리가 생명을 잃거나, 모험에 지장이 생기지 않을 정도로 조절해줘. 정기를 너무 빨려 모험가가 위험에 처한 적도 없지. ……어때? 서로에게 득이 되는 이야기지?"

더스트의 말을 들은 나는 고개를 몇 번이나 끄덕였다.

끝내줘. 완전 끝내준다고!

서큐버스들이 멋대로 인간을 덮칠 필요도 없고, 마구간에서 끙끙 앓는 모험가도 없어진다.

분명 성범죄 억제에도 도움이 되리라.

그러고 보니, 이 마을은 치안이 엄청 좋다.

내가 상상했던 모험가들은 난폭하고, 덜렁대며, 툭하면 싸움을 벌이는 데다, 술이라면 환장을 한다.

나는 그런 이미지를 가지고 있었지만, 이 마을에서는 폭력 사건이 거의 벌어지지 않으며, 범죄가 일어났다는 이야기도 딱히 들은 적이 없다.

모든 이들이 항상 현자 타임이라면 다툼 같은 것이 일어날 리가 없다.

대단해! 세상이 이렇게 멋지게 돌아가고 있는 줄은 몰랐다고!

키스는 감동에 잠겨 있는 나를 쳐다보면서 말했다.

"실은 우리도 그런 가게가 있다는 걸 최근에야 알게 됐다.

그래서 오늘 처음으로 그 가게에 가보기로 했지. 그러다 그 가게 앞에서 카즈마와 마주친 거야."

더스트는 잔 안에 있는 술을 단숨에 들이켰다.

그리고 나를 향해 말했다.

"그래서 말인데. ……어때? 우리와 같이……."

"물론 동행하겠습니다."

4

길드에서 나온 우리는 약간의 긴장감을 느끼면서 아까 더스트와 키스가 기웃거렸던 가게로 향했다.

분명 나 혼자서는 이런 가게에 들어가지 못하리라.

하지만 지금 나에게는 믿음직한 동료들이 있다.

혼자서 음란서적을 사기 위해서는 용기가 필요하지만, 다 같이 살 때는 전혀 무섭지 않다. 그런 불가사의한 심리가 지금 작용하고 있는 것이다.

대로에서 조금 벗어나 뒷골목 안에 위치한 조그마한 가게.

언뜻 보기에 그곳은 평범한 음식점처럼 보이지만…….

"어서 오세요!"

수많은 남자들이 꿈꿔왔을 법한 이상적인 여성의 몸매를 그대로 지닌 여성.

상상을 초월할 정도로 아름다운 누님에게 마중을 받으면서 가게 안으로 들어가 보니, 안에는 남자 손님밖에 없었다.

가게 안에서는 매혹적인 육체를 자랑하는 누님들이 몇 명이나 있었다. 그녀들을 보고만 있어도 가슴속이 애틋한 마음으로 가득 찼다.

음식점인데도 불구하고, 손님들의 테이블에는 음식이나 음료수가 전혀 놓여 있지 않았다.

손님들은 테이블 앞에 앉아 앙케트 용지 같은 것에 열심히 뭔가를 적고 있었다.

우리를 빈 테이블로 안내한 누님은 메뉴를 한 손에 든 채 미소를 머금었다.

"손님 여러분은 이 가게에 오신 게 처음이신가요?"

우리 세 사람은 그 말을 듣고 고개를 끄덕였다.

누님은 미소를 머금은 채 말을 이었다.

"……그럼 여기가 어떤 가게이며, 저희가 어떤 존재인지는 알고 계신가요?"

우리는 또 아무 말 없이 고개를 끄덕였다.

그녀는 그 모습을 보고 만족한 것처럼 테이블 위에 메뉴를 놓았다.

"자아, 주문하시죠. 물론 아무 것도 주문하지 않으셔도 돼요. ……그리고, 이 앙케트 용지에 필요사항을 기입해서 계산하실 때 제출해주세요."

우리는 그 앙케트 용지를 받았다.

즉, 서큐버스 누님들 중에서 앙케트에 맞춰 가장 취향에 맞는 사람이 우리를 상대해준다는 걸까?

앙케트 용지를 보니…………..

"저기, 꿈속에서의 자신의 상태, 성별, 외모가 뭐죠……?"

그런, 영문 모를 것들이 적혀 있었다.

상태는 알겠지만, 자신의 성별과 외모는 왜 있는 거지……?

"상태란에는 꿈속에서 자신이 임금님이라든가, 영웅 같은 게 되고 싶다, 같은 것을 적으면 돼요. 성별과 외모란이 있는 건 간혹가다 여자가 되고 싶어 하는 손님이 계시거든요. 어린 소년이 되어서, 드센 여자 모험가에게 능욕을 당하고 싶어 하는 손님도 있답니다."

이 마을 모험가들 정말 괜찮은 거야?

하지만, 그런 것도 설정이 가능하구나.

하긴, 꿈이니까 되겠지.

키스는 머뭇거리면서 한 손을 들더니, 누님에게 질문을 던졌다.

"……저기, 상대방의 설정은 어느 정도까지 가능한 거죠?"

"뭐든지 가능하답니다. 성격과 말투, 외모, 그리고 당신에 대한 호감도까지도 가능하죠. 설령 실존하지 않는 이를 상대로 설정하는 것도 가능해요."

"정말인가요?"

"정말이에요."

내가 무심코 되묻자, 누님은 즉답을 했다.

즉, 유명한 그 애나, 가깝게 지내는 그 애, 그리고 2차원 마누라도 가능하다는 건가?

"……저기, 초상권 문제 같은 건 괜찮은가요?"

"괜찮아요. 왜냐하면 꿈이니까요."

"그렇군요."

누님의 대답을 듣고 나는 안심했다.

꿈이기에 문제될 게 전혀 없는 것이다.

더스트는 우물쭈물하면서 한 손을 들었다.

"……그럼 연령 제한 같은 것도 없다는 건가요? 아, 꼭 그런 설정을 하려는 건 아니지만, 일단 뭐랄까……."

"없으니 원하는 대로 하시면 된답니다."

누님은 한 치의 주저도 없이 바로 대답했다.

나는 무심코…….

"저, 정말 괜찮은 거예요? 저기, 아청법 같은 것에 걸리는 건……."

"괜찮아요. 왜냐면 꿈이니까요."

"그렇군요."

꿈이니까 문제될 것이 없는 것이다.

맙소사. 서큐버스의 음몽(淫夢) 서비스, 완전 최강이잖아.

우리 세 사람은 아무 말 없이 앙케트 용지를 작성했다.

이 가게 안에 있는 다른 손님들과 마찬가지로 말이다.

"여러분은 세 시간 코스를 희망하셨군요. 1인당 5천 에리스입니다."

싸네!

지갑을 꺼내든 나는 그 가격을 듣고 놀랐다.

나는 그렇고 그런 가게에 가본 적이 없기 때문에 자세한 설명을 생략하겠지만, 일본에 있는 이런저런 가게에 비하면 그야말로 파격적일 정도로 쌌다.

계산을 담당하는 누님은 내 표정을 보고 무슨 생각을 하고 있는지 눈치챘는지…….

"……저희는 이 마을에서 인간답게 생활할 돈만 있으면 된답니다. 그리고 손님 여러분의 정기를 아주 조금 받아가기만 하면 충분하죠."

그녀는 그렇게 말하면서 빙긋 웃었다.

맙소사, 이렇게 모두가 행복해질 수 있는 장사가 있을 줄이야.

나는 그녀들의 자애로 가득 찬 헌신적인 경영 방침에 매료되고 말았다.

이렇게 되면 이 가게의 단골이 되어서 그녀들을 도와야만 할 것 같았다.

나는 무심코 서큐버스 누님을 우러러 보면서 중얼거렸다.

"시…… 신이시여……."

"그, 그런 재수 없는 소리 하지 마세요! 그, 그럼 마지막으로 살고 계신 곳의 주소와 오늘 취침 예정 시각을 가르쳐주세요. 그 시간대에 저희 가게의 서큐버스가 취침 중인 손님의 곁으로 가서 희망하신 꿈을 보여드릴 거예요. 가능하면 술 같은 것은 드시지 말아주세요. 술기운에 숙면을 취하는 분에게는 꿈을 보여드릴 수가 없으니까요."

우리는 누님의 충고를 들은 후, 가게를 나섰다.

아직 저녁때밖에 되지 않았지만, 우리는 그대로 해산하기로 했다.

"그, 그럼, 나중에 봐."

"으, 응!"

"다, 다음에 보자고!"

왠지 들떠 보이는 그 두 사람은 서둘러 돌아가고 싶어 했다.

실은 나도 마찬가지였다.

지정해둔 취침 시간이 되려면 아직 멀었지만, 빨리 돌아가서 준비를 한 후, 오늘은 일찌감치 자고 싶다.

나는 아무데도 들르지 않고 서둘러 귀가했다.

5

"카즈마, 어서 와! 기뻐해! 오늘 저녁은 정말 엄청나! 게야! 아까 다크니스의 본가 사람들이 다크니스의 이사 축하 선물이라면서 최상급 마블링 홍게를 주고 갔어! 게다가 엄청 비싼 술도 줬다구! 딸이 평소 신세를 지고 있는 파티 멤버 여러분에게 감사의 마음을 전하고 싶대!"

저택으로 돌아가 보니, 아쿠아가 만면에 미소를 지으면서 나를 맞이했다.

이 세계에서도 게는 고급 식재료인 것 같았다.

일본에 있을 때도 게를 먹어본 적이 거의 없었는데, 이세계에서 먹어보게 될 줄이야…….

"우와아……, 항상 빈곤한 모험가를 생업으로 삼고 있으면서, 마블링 홍게를 보게 되는 날이 올 줄이야……! 오늘만큼 이 파티에 가입하기를 잘했다고 생각한 날은 없어요……."

"이게 그렇게 비싼 게야?"

나는 마블링 홍게라는 것을 향해 합장을 하고 있는 메구밍에게 물어보았다.

그러자 메구밍은 과장스럽게 주먹을 치켜들면서 역설을 하기 시작했다.

"당연하죠! 알기 쉽게 설명하자면 이 게를 먹는 대신 오늘은 폭렬마법을 참으라는 말을 듣는다면 기쁜 마음으로 참으면서 식사를 끝낸 후, 폭렬마법을 쓸 거예요. 그 정도의 고급품이라고요!"

"오오, 그거 엄청나네……! ……어라? 너 방금 마지막에 뭐라고 했어?"

나와 메구밍이 그런 말을 하는 사이, 다크니스는 응접실 식탁에 요리된 게를 올려놓았다.

아쿠아는 희희낙락하면서 인원수만큼의 술잔을 준비했다.

전원이 식탁에 앉은 후, 바로 마블링 홍게를…….

뚝 떼어낸 게의 다리에서 발라낸 흰색과 핑크색이 적절히 섞인 속살을 소스에 찍어서 입에 넣었다.

"윽?!"

—너무 맛있어서 놀라고 말았다.

속살 안에 농축되어 있던 게 특유의 맛이 입안에 퍼졌다.

고개를 돌려보니 다른 이들도 아무 말 없이 게를 먹고 있었다.

우와, 먹는 걸 멈출 수가 없어!

나는 그대로 게의 등껍질을 떼어낸 후, 그 안에 있던 게의 내장을…….

"카즈마, 카즈마. 여기에 불 좀 붙여줘. 내가 이 고급술을 맛있게 마시는 법을 가르쳐줄게."

재빨리 등껍질 안에 있던 게 내장을 비운 아쿠아가 조그마한 냄비 안에 숯을 넣더니, 그 위에 철망을 놓았다.

간단하게 말해 간이 화덕을 만든 것이다.

내가 숯에 불을 붙여주자, 아쿠아는 철망 위에 게 내장이 약간 남아 있는 등껍질을 올려놓았다.

그리고 그 등껍질 안에 일본주와 비슷해 보이는 투명한 술을 부었다.

아쿠아는 환한 얼굴로 등껍질이 살짝 탈 때까지 열을 가해서 술을 데우더니, 그것을 한 모금 마시고······.

"후우······."

맛있어 죽겠다는 듯이 한숨을 내쉬었다.

행동 자체는 매우 아저씨틱하지만, 그래도 그 모습을 본 우리는 마른 침을 꿀꺽 삼켰다. 그리고 나는 다른 이들과 함께 아쿠아를 따라하려고 하다 화들짝 놀랐다.

—이건 함정이다!

게가 너무 맛있어서 깜빡했는데, 잠시 후면 서큐버스 누님이 나를 찾아온다.

그 누님이 말했었다. 술기운에 숙면을 취하는 사람에게는 꿈을 보여줄 수 없다고 말이다.

참아. 나는 인내심이 강한 남자야.

강철 같은 정신력으로 이쯤은 견뎌낼 수 있는 남자라고!

"어?! 이거 좋구나. 정말 맛있는걸!"

속지 마!

다크니스의 저 말에 속으면 안 돼!

아마 저걸 입에 대면 더는 참을 수 없을 것이다.

저 술을 한 모금이라도 마신다면, 아마 될 대로 되라는 심정으로 죽어라 술을 마셔댈 것이다.

그 정도로 게는 맛있고, 저 술 또한 맛있어 보였다.

"다크니스, 저도 주세요! 오늘 하루 정도는 괜찮잖아요! 저도 그 술을 마셔보고 싶어요!"

"안 된다. 어릴 때부터 술을 마시면 나중에 여러모로 문제 많은 인간이 된다고 들었거든."

그 말을 들은 메구밍은 기분 좋게 술을 마시고 있는 아쿠아를 쳐다보았고, 다크니스도 아무 말 없이 아쿠아를 향해 고개를 돌렸다.

"……응? 왜 나를 쳐다보는 거야?"

한편, 옆에서 열심히 술을 참고 있는 나를 본 다크니스가 고개를 갸웃거리더니……

"……왜 그러느냐, 카즈마. 술을 마신 적이 없는 것이냐? ……혹시, 우리 집에서 준비한 게가 입에 맞지 않는 것이냐?"

……그런 소리를 하면서 약간 불안 섞인 표정을 지었다.

아냐, 그런 게 아니라고. 게는 확실히 맛있어.

"아니, 게는 엄청 맛있어. 빈말이 아니라고. 그런데 오늘 낮에 키스, 더스트와 술 한 잔 했거든. 게다가 나는 술맛을 모르니까 오늘은 안 마시는 게 좋을 것 같아. ……대신 내일! 내일 꼭 마실게!"

내 변명을 들은 다크니스는 안도의 한숨을 내쉬면서 구김 없는 미소를 지었다.

그만해. 그런 순수한 얼굴로 나를 향해 미소 짓지 마. 평소에는 당치도 않은 소리만 해대서 나를 질리게 만들면서, 왜 하필 오늘은……!

으윽……!!

"흐음~? 너, 내일까지 이 술이 남아있을 것 같아? 내가 전부 마셔버릴 거라구. 이 술을 남겨놓다니, 당치도 않아! 와아, 카즈마 몫까지 내가 마셔버려야지!"

언제 어느 때나 바보인 녀석이 오늘은 평소보다 더 밉살스러웠다.

다크니스는 나를 바라보면서 또 미소 지었다.

"……음, 그렇구나. 그럼 하다못해 게라도 많이 먹어다오. 평소 너한테 신세진 거에 대한 답례다."

그 말을 듣고 왠지 해서는 안 되는 짓을 하고 있는 듯한 기분이 든 나는 가슴이 아파왔다.

그래. 다른 녀석들과 함께 술 한 잔 하면서 전부 잊어버리는 거야.

나를 찾아와준 서큐버스 누님에게는 내일 사과하러 가자.

이 녀석들과 즐겁게 마시고, 내일부터 또 열심히 살자고.

그래. 어차피 앙케트 용지에 적은 내용이 그대로 리얼한 꿈이 될 뿐이잖아.

그리고 그 꿈은 깨어난 후에도 기억 속에 남아있을 뿐이
라고……

눈앞에 있는 다크니스의 얼굴을 봐. 그리고 다른 동료들
의 얼굴을 봐.

어느 쪽이 더 소중한지 생각해봐.

그리고 앙케트에 내가 뭐라고 적었는지 떠올려봐!

…………맞아. 처음부터 고민할 필요는 없었어.

나는 게를 배부르게 먹은 후, 자리에서 일어났다.

"그럼 좀 이르지만 나는 이만 자러갈게. 다크니스, 잘 먹
었어. 너희도 잘 자!"

나는 주저 없이 내 방에 일찌감치 틀어박혔다.

6

나는 방문을 잠근 후, 창문의 잠금장치를 풀었다.

창문을 잠그지 말라는 말은 없었지만, 혹시나 모르니까
말이다.

그리고 일부러 와주기까지 하는데 괜한 수고까지 끼치면
좀 미안할 것 같았다.

시계가 없기 때문에 정확한 시간은 알 수 없지만, 내가 지정해둔 시각이 다가오고 있었다.

나는 그 전에 잠들어야만 하지만, 흥분과 긴장 탓에 잠이 오지 않았다.

우와, 가슴이 두근거리기 시작했어.

아아, 어쩌지. 진짜로 어쩌지. 긴장과 기대와 흥분 때문에 잠이 오지 않아!

대체 얼마 동안이나 그러고 있었을까.

침대에서 나온 나는 머리를 식히기 위해 정원에 가서 체조라도 할까 하고 생각했다.

몸을 좀 움직이면 잠이 잘 올지도 모른다.

그런 생각이 든 나는 잠옷 차림으로 저택을 빠져나와 정원으로 향했다.

모두가 잠든 가운데, 나는 달빛과 천리안 스킬에 의지하며 정원에서 가볍게 몸을 움직였다.

눈 때문에 새하얗게 변한 정원 중앙에서, 문득 정원 구석에 있는 누구의 것인지 알 수 없는 비석에 눈이 쌓여 있는 게 신경 쓰였다.

그 비석에 다가가 눈을 치워보니, 거기에 새겨진 『안나』라는 이름이 눈에 들어왔다.

비석에 쌓인 눈을 치우고 만족한 후, 이번에는 살짝 땀을 흘린 게 신경 쓰이기 시작했다.

상대는 내가 지정한 꿈을 꾸게 해주려고 오는 것일 뿐이니 신경 쓸 필요는 없겠지만……

그래도 에티켓에서 어긋난다는 생각이 들었다.

결국 나는 다른 이들이 잠든 이 한밤중에 저택 욕실로 향했다.

이곳은 원래 귀족의 별장이어서 그런지, 욕실에는 특수한 마도구가 설치되어 있었다.

간단하게 말해 마력으로 움직이는 가스 급탕기 같은 것이다.

그렇게 많은 마력이 필요한 장치는 아니기 때문에 일반인도 이용할 수 있는 마도구다.

이것을 사용하면 마력을 소비한 탓에 몸이 좀 노곤해지지만, 그 정도는 감수할 수밖에 없다.

나는 욕실에 설치된 랜턴에 틴더 마법으로 불을 붙인 후, 욕실 밖에 목욕 중이라는 팻말을 걸었다.

그리고 옷을 벗어서 누군가 있다는 걸 알 수 있도록 바구니에 넣었다.

만화에서 흔히 나오는 그런 상황이 벌어지는 것을 막기 위해 세심한 주의를 기울인 것이다.

그런 멋진 상황은 서큐버스가 보여주는 꿈속에서만 일어

나면 충분했다.

한 지붕 밑에서 살고 있는 누군가와 그런 거북한 관계가 되는 것은 가능하면 피하고 싶었다.

이런 상황에서 여자가 실수로 욕실에 들어와도, 남자만 나쁜 놈이 되는 것이다.

그런 상황이 벌어진다면 나는 철저하게 대응을 할 것이다.

성희롱 피해자로서 여자보다 먼저 비명을 지르면서 상대를 치녀 취급해주자.

"뭐, 그런 상황은 만화에서나 나오겠지만 말이야."

나는 마력을 사용해 욕조에 온수를 채운 후, 어깨까지 담그면서 혼잣말을 했다.

탈의실 랜턴에서 흘러나온 어둑어둑한 빛을 받으면서, 나는 물 안에서 느긋하게 손발을 뻗었다.

그리고 잠이 오기 시작한 나는 깊은 한숨을 내쉬면서 눈을 감았다.

7

나는 얼마동안 여기서 이러고 있었을까.

나는 탈의실 밖에서 툭 하고 뭔가가 떨어지는 소리를 듣고 눈을 떴다.

잘못 들은 거라고도 생각했지만, 이렇게 조용한 상황에서 뭔가를 잘못 들을 리가 없다.

욕실 밖에 걸어둔 팻말이 떨어진 것일까.

떨어지지 않도록 제대로 걸어뒀었는데……?

아쿠아가 장난삼아 팻말을 떨어뜨린 걸까, 하고도 생각했지만 그녀도 이 시간에는 자고 있을 것이다.

뭐, 좋다. 이런 밤중에 누군가가 욕실에 들어올 리가 없으니까 말이다.

탈의실에는 내 옷을 넣어둔 바구니가 있고 랜턴도 켜뒀다.

누군가가 욕실 안에 있는 걸 한 눈에 알 수 있을 거라고 내가 생각한 순간이었다.

저택 안에서 부자연스러운 바람이 불었다는 생각이 든 순간, 랜턴의 불빛이 불현듯 꺼졌다.

일전에 유령이 저택에 나타났을 때 느꼈던, 누군가가 있는 듯한 기척이 또 느껴지는 것 같은데…….

하지만 적 탐지 스킬은 아무런 반응도 보이지 않았다.

……뭐, 좋아. 나는 암시가 가능하니까 불이 꺼져도 문제될 건 없어.

욕실 창문을 통해 들어오는 달빛만으로도 충분히 밝으니까 말이야.

그렇게 생각하며 느긋하게 있을 때…….

─탈의실 문이 열리는 소리가 들렸다.

그 소리를 듣고 이번에야말로 놀란 나는 허둥댔다.

어이어이, 타이밍이 너무 절묘하잖아.

누가 들어온 건지는 모르겠지만, 그 사람은 램프를 들고 있는 것 같았다.

그렇다면 탈의실 바구니 안에 내 옷이 들어있다는 것을 눈치챌 것이다.

램프를 들고 있는 것을 보면, 어둠 속에서도 앞이 훤히 보이는 아쿠아는 아닌 것 같군.

그렇다면 메구밍과 다크니스 중 한 명—.

바로 그때, 그 누군가가 들고 있던 램프의 불빛이 꺼졌다.

"우왓?! 뭐, 뭐야? 왜 갑자기 불이 꺼진 거지……?"

유리 너머에 있는 탈의실 쪽에서 들려온 것은 다크니스의 당황한 듯한 목소리였다.

"……뭐, 그래도 오늘은 달이 밝으니 괜찮겠지……."

다크니스는 그런 말을 하면서 유리 너머에서 옷을…… 어, 어이어이!

나는 허둥지둥 고함을 지르려다 어떤 사실을 눈치챘다.

누군가가 의도적으로 이런 상황을 꾸민 게 명백했다.

평범하게 생각하면 있을 수 없는 상황인 것이다.

그렇다. 나에게 너무 매력적이었다. 아무리 내 행운 수치가 좋다고 해도 말이 안 되었다.

……잠깐만 있어봐.

이 상황에 처하기 전, 나는 문득 잠이 몰려와서 눈을 감았다.

아하. 즉, 이 상황은……!

"으음……. 오늘은 정말, 달이…………."

양손으로 머리카락을 등 뒤로 쓸어 넘기면서 욕실 안으로 들어온 다크니스는—

어둠속에서 당당하게 욕조에 몸을 담그고 있는 나와 시선이 마주쳤다.

""………….""

물론 우리 둘 다 알몸이었다.

달빛 아래에서 다크니스의 투명할 정도로 새하얀 피부가 선명하게 드러났다.

전부터 다크니스의 몸매가 에로틱하다고 생각은 했지만, 이렇게 보니 그녀의 몸매는 내가 상상했던 것 이상으로 끝내줬다.

단련을 해온 만큼 벗겨보면 의외로 근육 투성이일지도 모른다고 생각했지만, 의외로 나올 곳은 꽤나 나와 있었다…….

으음, 서큐버스가 내 취향에 맞게 수정을 해준 것일지도 모른다.

몸을 가리는 것조차 깜빡한 채 망연자실하게 서있는 다크니스를 향해, 나는 욕조 안에서 가볍게 한 손을 들어 보였다.

그런 나를 본 다크니스는 입을 쩍 벌린 채 가슴을 가리며 그 자리에서 주저앉았다.

"......어...... 어어...... 어어어어............!"

"......응? 다크니스, 왜 그래? 빨리 이쪽으로 와. 아니다, 우선 내 등부터 씻겨줘."

"뭐?!?!?!?!?!?!?!"

나는 욕조에서 나온 후, 다크니스 쪽으로 등을 보이며 나무로 된 동그란 의자에 앉았다. 그런 내 행동이 예상외인지, 다크니스는 가슴을 가린 채 입을 뻐끔거렸다.

이 다크니스는 대체 뭐지?

꽤 신선한 느낌이라 좋은걸. 역시 서큐버스가 만든 다크니스야.

하지만 왜 꿈에 나온 게 다크니스인 걸까?

몸매 좋은 미인 누님이라고만 쓴 게 문제였던 걸까.

다음부터는 좀 더 세세하게 적어야겠다.

"너, 너너, 너 지금 무슨 소리를 하는 것이냐?! 아니, 저기, 으음, 왜 그렇게 태연한 것이냐 라든가, 등을 씻겨달라는 게 무슨 소리냐 라든가, 이런저런 일이 한꺼번에 일어나서 뇌가 따라가지를 못한다고나 할까……!"

우와, 엄청 리얼하잖아!

대단해, 서큐버스! 진짜로 대단하다고!

"아, 감동하고 있을 때가 아니지. 애간장 태우기 플레이 같은 걸 설정한 적 없거든? 빨리 해. ……참, 앙케트에는 미인이 몸매 좋고, 부끄러움이 많으며 세상 물정 모르는 철부지 누님이 좋다고 적었지. 그럼 이것도 나름대로 괜찮으려나."

"윽?!"

내 혼잣말을 들은 다크니스는 패닉에 빠진 듯한 표정을 지었다.

그런 그녀도 신선해서 좋기는 하지만, 이렇게 되면 내가 리드를 해야 하나.

"네가 세상 물정 모르는 철부지 설정인 건 알고 있으니까, 빨리 내 등을 씻겨 주세요."

"뭐?! 저, 저기…… 세간의 상식에 비춰 본다면, 이런 상황에서는 내가 카즈마의 등을 씻겨주는 게 정상인 것이냐?!"

다크니스는 패닉에 빠진 상태에서도 머뭇거리면서 나에게 다가왔다.

내가 주저 없이 다크니스의 알몸을 쳐다보자, 그녀는 손으로 몸을 가리면서 그 자리에서 주저앉았다.

"신선해서 좋네. 그래도 빨리 부탁해요. 왠지 여러모로 더 이상 견딜 수가 없어요."

"너, 너, 너……! 이게 어떤 상황인지 알고는 있는 것이냐?! 아쿠아나 메구밍이 알면 뭐라고 할 것 같으냐……!"

"그때는 다 같이 목욕하면 되잖아."

"뭐가 어떻게 된 것이냐! 너 혹시 뭐라도 잘못 먹은 것이냐?!"

"어이, 아까부터 너무 시끄럽잖아. 지금이 몇 시인지 알기는 하는 거야? 이웃들에게 민폐라고. 정말, 세상 물정 모르는 데도 정도라는 게 있거든?"

"이 상황에서 그런 상식적인 소리 좀 하지 마라! 호, 혹시 나만 세상 물정을 모르는 것이냐? 내가 상식이 부족할 뿐인 것이냐? 나만 이상한 것이냐?!"

"너는 항상 이상하다고. 그러고 보니 꿈속에서 떠들어봤자 아무 소용없겠지……. 좋아, 그럼 잘 부탁해요."

"으으……. 어, 어쩌다 이렇게 된 거지……. 그리고 이렇게 당당하게 명령을 받으면 거세게 저항하지 못하는 내 성적 취향이 정말 한심스럽구나……."

볼을 붉힌 다크니스는 혼잣말을 중얼거리면서 내 등 쪽으로 이동했다.

한 손에 목욕 수건을 든 그녀는 의자에 앉은 내 등 뒤에서 욕실 바닥에 무릎을 꿇은 자세로 앉았다.

이윽고 다크니스는 선툰 손놀림으로 열심히 내 등을 씻기기 시작했다.

"휴우……. 뭐랄까, 여러모로 신선하네……. 평소 사사건건 나를 질리게 만들었던 네가 이렇게 부끄러워하는 모습을 보니 정말 좋은 걸."

"너, 너어……! 오늘의 넌 언동이 너무 아저씨틱하다! 자, 자아, 이제 됐지? 그럼 나 먼저 나가겠다……."

내 알몸을 보지 않기 위해 필사적으로 고개를 돌린 채 머뭇머뭇 그렇게 말하는 다크니스를 보면서 순진무구함을 느낀 나는 단호한 어조로 말했다.

"무슨 바보 같은 소리를 하는 거야. 아무리 설정을 좀 뜯어고쳤다고 해도 그렇지, 이제부터 상황이 어떻게 돌아갈지 전혀 감이 안 오는 거야? 진짜로 상식이 부족한가 보네. 자아, 다음은 수건을 쓰지 말고……."

"아, 아무리 그래도 이건 너무 이상하지 않느냐! 아무리 내가 세상 물정을 모른다 할지라도, 이건 진짜로 이상하단 말이다!"

―눈가에 눈물이 맺힌 다크니스가 얼굴을 새빨갛게 붉히면서 그렇게 말한 바로 그 순간이었다.

"불한당이다~! 불한당이 나타났다~! 수상한 녀석이 이 저택에 침입했어~!!"

아쿠아의 목소리가 저택 전체에 울려 퍼졌다.

어이, 이제부터 본격적으로 시작하려는 타이밍에 방해하는 거냐? 나는 이런 설정을 넣은 적이 없다고!

나는 다크니스가 들고 있던 수건을 빼앗아 허리에 두른 후, 그대로 욕실 밖으로 뛰쳐나갔다.

다크니스 쪽을 힐끔 쳐다보니, 가슴을 가린 그녀는 얼굴을 붉힌 채 바닥에 주저앉아서 눈물 맺힌 눈으로 나를 올려다보고 있었다.

젠장, 이대로 하던 거나 계속하고 싶지만, 꿈속에서조차 나를 방해하는 저 녀석에게 먼저 한 소리 해줘야겠어!

수건 한 장만 걸친 채 응접실로 가보니, 그곳에는 낮에 봤던 누님풍 서큐버스보다 어려보이는 조그마한 몸집의 서큐버스 소녀가 아쿠아에게 잡혀 있었다.

그리고 잠옷 차림인 메구밍이 지팡이를 겨누며 그 서큐버스 소녀를 위협하고 있었다.

"카즈마, 이거 좀 봐! 내 결계에 걸려 꼼짝도 못하고 있는 불한당이……. 앗, 저쪽에도 불한당이 있네!"

"누가 불한당이라는 거야! ……어라. 뭐가 어떻게 된 거야? 왜 이런 곳에 서큐버스가 있는 거지?"

수건 한 장만 걸친 나를 불한당 취급하는 아쿠아에게 딴죽을 날리면서도, 내 꿈에 나타난 등장인물이 너무 많다는 사실 때문에 위화감을 느끼고 있었다.

아니, 서큐버스가 나타나는 건 명백하게 이상했다.

"나, 실은 이 저택에 강력한 결계를 쳐뒀거든? 결계가 반응을 보여서 와봤더니, 이 서큐버스가 저택에 들어오려다 결계에 걸려서 움직이지 못하고 있더라구! 서큐버스는 남자를 덮치니까, 분명 카즈마를 노리고 온 게 분명해! 하지만 걱정하지 마. 지금 바로 깔끔하게 퇴치해버릴 테니까 안심하라구!"

서큐버스는 아쿠아의 말을 듣고 히익 하고 비명을 질렀다.

어라.

뭔가가 이상했다. 진짜로 이상했다.

잠깐만, 그렇다면 아까까지 나와 같이 욕실에 있었던 다크니스는……!

아니, 지금은 그게 문제가 아니다. 우선 눈앞에 있는 서큐버스부터 구해야 한다!

내가 모르는 사이에 결계 같이 쓸데없는 걸 자주 설치하는 아쿠아는 서큐버스에게서 한 걸음 떨어지더니, 검지로 상대를 가리켰다.

"자아, 각오해! 지금 바로 강력한 대 악마용……. ……어? 카즈마, 남자인 너는 이쪽에 오지 않는 편이 좋아. 잘못하면 서큐버스에게 조종……."

아무 말 없이 서큐버스의 앞에 선 나는 그녀의 손을 잡고 현관으로 데려갔다.

"자, 잠깐만! 카즈마, 대체 뭐하는 거야? 그 애는 악마야. 카즈마의 정기를 노리는 악마란 말이야."

아쿠아가 나를 향해 날카로운 목소리로 고함을 질렀다.

그리고 내 행동을 보고 어안이 벙벙해 하고 있던 메구밍도 무기를 고쳐 쥐면서 서큐버스를 날카로운 눈길로 노려보고 있었다.

서큐버스는 나에게만 들릴 만큼 작은 목소리로 말했다.

"소, 손님, 죄송해요! 그리고 이러지 않으셔도 돼요! 저는 어차피 몬스터니까요! 결계가 있을 줄은 꿈에도 몰랐지만, 몰래 남성의 베갯머리로 다가가는 것은 저희가 가장 자신 있어 하는 특기예요. 그러니 이런 상황이 벌어진 것은 어디까지나 제가 제대로 침입하지 못한 탓이에요. 그러니 손님께 폐를 끼칠 수는 없어요. 저는 이 마을에 숨어든 떠돌이 서큐버스로서 퇴치당할 테니, 손님은 아무 것도 모르는 척하세요!"

그런 말을 입에 담은 서큐버스를 지키듯, 나는 아쿠아와 메구밍을 막아섰다.

그리고 등 뒤에 있는 서큐버스를 현관 쪽을 향해 밀쳐낸 후……

아쿠아, 메구밍을 향해 주먹을 말아 쥐면서 파이팅 포즈를 취했다.

"소, 손님?!"

서큐버스가 비명을 지르는 가운데…….

"……잠깐, 이게 무슨 짓거리야? 나는 여신이라서 저런 악마를 그냥 놓칠 수는 없거든? 카즈마, 자근자근 밟히고 싶지 않으면 어서 비켜!"

아쿠아는 미간을 찌푸리면서 동네 양아치 같은 소리를 했다.

"아쿠아, 카즈마는 현재 저 서큐버스에게 조종당하고 있다! 아까부터 카즈마의 상태가 이상했다! 꿈이니 설정이니 같은 소리를 해댄 걸 보면 틀림없다! 서큐버스, 네 이 녀석! 감히 나에게, 그런…… 그런 굴욕적인 짓거리를 하다니……! 갈기갈기 찢어주마!"

머리카락을 제대로 말리지 않은 채 셔츠와 타이트스커트를 걸치고 맨발로 뛰어온 다크니스가 서큐버스를 향해 고함을 질렀다.

그녀가 눈가에 눈물이 맺힌 상태에서 그런 무시무시한 소리를 하자, 나는 뒷걸음질치고 싶어졌다.

"카즈마, 미치기라도 한 건가요? 아무리 귀엽다고 해도, 저 자는 악마, 몬스터예요. 정신 차리세요. 그건 쓰러뜨려야만 하는 적이라고요."

메구밍이 어이없다는 듯한, 그리고 차갑기 그지없는 눈길로 나를 쳐다보면서 말했다.

그 시선이 마음을 후벼 팠지만, 나는 물러설 수 없다.

나는 등 뒤로 손을 돌려 서큐버스에게 빨리 가라는 듯이 손을 내저었다.

그 모습을 본 아쿠아가 한 걸음 앞으로 내디디면서 전투 태세를 취했다.

"아무래도 오늘 이 자리에서 카즈마와 결판을 내야만 할 것 같네……! 좋아. 덤벼! 카즈마를 작살내버린 후, 저 서큐버스도 지옥으로 보내버리겠어!"

아쿠아는 그렇게 외치면서 나를 향해 몸을 날렸다.

그 모습을 본 서큐버스가 작지만 비통한 목소리로 외쳤다.

"소, 손님~!!"

이 세상에는 절대로 배신해서는 안 되는 것이 있다.

그것은, 자신을 믿고 비밀을 말해준 친구들의 신뢰다.

이 세상에는 절대로 지켜야만 하는 것이 있다.

그것은, 쓸쓸한 남성들의 애절한 욕망을 만족시켜주려 하는, 지금 내 등 뒤에 숨어있는 상냥한 악마.

나는 주먹을 말아 쥐면서…….

"덤빌 테면 덤벼 봐~!!"

저택 전체에 울려 퍼질 만큼 큰 목소리로, 뜨겁게, 뜨겁게, 외쳤다.

8

"…………."

나는 저택 구석에서 몸을 웅크린 채, 등을 향한 무언의 시선을 느끼면서 묵묵히 작업을 했다.

내가 하고 있는 작업은 바로 요즘 들어 내 일과가 된 묘지 청소다.

"어이, 이제 그만 화 풀어. 그리고 그런 상황에서 분위기에 휩쓸린 너한테도 문제가 있다고."

"……윽! …………."

등 뒤에 있는 다크니스가 한 순간 무슨 말을 하려다 다시 입을 다물었다.

다크니스는 아까부터 팔짱을 낀 채 아무 말 없이 내 등 뒤에 서있었다. 그 탓에 작업을 하기가 영 힘들었다.

그때 수적 열세에 처해있던 나는 엉망진창으로 당했지만, 그래도 그 서큐버스 소녀를 도망치게 하는 데는 성공했다.

그리고 다크니스는 그때 내가 서큐버스에게 조종당하고 있었다고 생각하고 있는 것 같지만…….

"…………정말, 어젯밤 일은 생각나지 않는 거지? 너는 그 서큐버스에게 조종당한 탓에, 그때 있었던 일을 기억하지 못하는 거지?"

겨우 입을 연 다크니스가 나에게 물었다.

"응. 유감스럽게도 기억이 안 나. 좋은 꿈을 꿨다는 것만 기억해."

모처럼 다크니스가 나한테 유리하게 오해를 해주고 있었기에, 나도 그 오해에 편승하기로 했다.

그 편이 서로를 위해 좋을 것 같았기 때문이다.

"그, 그렇구나. 그럼, 됐다. ……뭐, 어쩔 수 없지. 사고 같은 거니까 나도 잊도록 하마. ……그래도 나를 자기 뜻대로 휘둘러대던 너는 좀 무섭긴 했지만 나쁘지는 않았다. 세상물정을 모르는 나에게 잘못된 상식을 주입하려고 한 건 좀 그렇지만 말이다."

"뭐, 넌 세상 물정 모르는 아가씨가 아니잖아. 좀 상식이라는 걸 공부하라고. 그리고 나는 이번에 아무 잘못도 하지 않았어. 랜턴도 켜뒀고, 목욕 중이라는 팻말도 걸어뒀단 말이야. 대체 누가 장난을 친 거야……?"

"……어, 어이. 너 역시 어제 일을 기억하고 있는 것 아니냐? 너 정말 서큐버스에게 조종당했던 게 맞는 것이냐?!"

나는 등 뒤에서 내 어깨를 잡고 흔들어대는 다크니스를 곁눈질하면서 묵묵히 묘지 청소를 계속했다.

어디 사는 누가 장난을 친 것인지는 모르겠지만, 장난을 친 그 상대에게 아주 조금 감사하면서 말이다.

아무튼, 드디어 생활기반이 갖춰졌다.

의식주만 확보되면 다른 문제는 어떻게든 해결할 수 있다.

나는 이 세계에 와서, 드디어 편안히 쉴 수 있는 장소를 얻은 것이다.

　오늘 밤은 마음 편히 잠들 수 있을 것 같았다.

　그렇다. 그 모든 것을 산산 조각낼 듯한 안내 방송이, 마을 안에 울려 퍼지지만 않았다면 말이다―.

　『디스트로이어 경보! 디스트로이어 경보! 기동요새 디스트로이어가 현재 이 마을에 접근하고 있습니다! 모험가 여러분은 장비를 갖춘 후 모험가 길드로 모여 주십시오! 그리고 마을 주민 여러분은 서둘러 피난해주십시오~!!』

1

저택에 들어가 보니, 그곳에서는 아비규환이 벌어지고 있었다.

"도망치자! 먼 곳으로 도망치는 거야!"

벌벌 떨면서 짐을 싸던 아쿠아가 그렇게 외쳤다.

그 옆에는 짐을 다 싼 메구밍이 조그마한 가방 하나를 옆에 둔 채 달관한 것처럼 차를 마시고 있었다.

"이제 와서 허둥대봤자 아무 소용없어요. 살 곳이 없어진다면 확 마왕성으로 쳐들어갈까요?"

방에서 장비를 챙긴 후 길드로 향하려던 나는 그 두 사람을 보면서 아연실색한 표정을 지었다.

"……으음, 두 사람 다 뭐하고 있는 거야? 긴급 호출을 받았잖아. 빨리 장비를 챙겨서 길드로 가자."

그 말을 듣고서야 두 사람은 내가 온 걸 눈치챈 것 같았다.

"카즈마야말로 무슨 소리를 하는 거야? 혹시 기동요새 디스트로이어와 싸울 생각이야?"

아쿠아가 어이없다는 투로 말했다.

베개를 한쪽 옆구리에 소중하다는 듯이 낀 채 말이다.

솔직히 말해 나는 긴급 호출을 듣기만 했을 뿐, 어떤 상황이 벌어진 것인지는 전혀 파악하지 못했다.

하지만 그 방송을 하는 목소리가 꽤나 떨리고 있었기에, 엄청 위험한 게 접근하고 있다는 사실만은 짐작이 되었다.

"카즈마. 지나간 후에는 아쿠시즈 교도 외에는 풀 한 포기도 남지 않는다고 일컬어지는 최악의 거물 현상범, 기동요새 디스트로이어가 이 마을에 접근하고 있어요. 그것과 싸우는 건 무모하기 그지없는 짓이라고요."

"저기, 왜 나의 귀여운 신자들은 항상 그딴 소리를 듣는 거야? 일전에 위즈도 나쁘게 말하던데 말이야. 대체 왜 내 아이들은 두려움의 대상이 되고 있는 건데? 다들 평범하고 착한 아이들이라구."

아쿠아가 투덜거리는 소리를 무시하며 메구밍의 말에 귀를 기울였지만, 그래도 잘 이해가 되지 않았다.

전부터 때때로 이름을 듣기는 했는데, 기동요새가 대체 뭐지? 이름으로 볼 때 엄청 클 것 같긴 하네.

"저기 말이야. 그 녀석, 메구밍의 폭렬마법으로 날려버릴 수는 없어? 기동요새라고 불리는 걸 보니 꽤 클 테니까 멀리서도 잘 보일 거 아냐. 마법으로 일격에 박살내버릴 수는 없는 거야?"

내 질문에 메구밍이 답했다.

"무리예요. 디스트로이어에게는 강력한 마력 결계가 쳐져 있어요. 폭렬마법 한두 방 정도는 막아낼 수 있을 거예요."

대체 그 디스트로이어라는 건 어떻게 되어먹은 거야?

"저기, 내 신자들은 다 좋은 애들이야! 메구밍, 내 말 좀 들어봐. 항간에서는 나쁜 소문이 돌고 있지만, 그건 전부 에리스 교도의 중상모략이야! 다들 에리스를 미화하고 있지만, 그 애, 실은 꽤 개구쟁이 기질이 있다구! 악마가 상대일 때는 나보다 더 인정사정없고, 엄청 자유분방하단 말이야! 어쩌면 한가할 때는 지상에 놀러올지도 몰라! 아쿠시즈교를! 아쿠시즈교를 잘 부탁드립니다!"

"아쿠아, 평소에 신을 자칭하는 걸로 모자라 에리스 님의 악담까지 하는 건가요? 그러다 천벌 받을 거예요."

"자칭이 아냐! 믿어달라구~!!"

나는 주위를 둘러보고서야 다크니스가 이 자리에 없다는 사실을 눈치챘다.

"어라, 다크니스는 어디 간 거야? 나보다 먼저 저택으로 돌아왔을 텐데?"

아쿠아가 마구 흔들어대고 있는 메구밍에게 물어보니…….

"방을 향해 뛰어가던데요?"

젠장, 마음에 드는 녀석이 하나도 없네!

디스트로이어가 얼마나 위험한 건지는 모르겠지만, 이 마을에는 겨우겨우 손에 넣은 저택이 있다.

단골 가게도 늘어가고 있으며, 게다가 나에게는 아직 이 마을에서 해야만 하는 일이 남아 있다.

어제는 아쿠아가 친 결계 때문에 실패로 끝나고 말았지만, 다음에야말로……!

아무튼, 그런 게 없었다면 나는 옛날 옛적에 빚 같은 건 내팽개치고 도망쳤을 것이다.

그렇다. 그 상냥한 악마들이 다른 마을에서도 그런 장사를 할 거라고는, 그리고 이 마을만큼 그 장사가 원활히 잘 될 거라고는 아무도 단정할 수가 없다.

그러니 일단 장비를 챙긴 후, 나도 길드로 향해야만 한다……!

"……늦어서 미안하다! ……음? 카즈마, 왜 그러지? 빨리 준비하고 와라. 너라면 분명 길드로 향할 거라고 믿었다."

평소보다 더 중무장을 하고 저택 2층에서 내려온 다크니스가 나를 보자마자 그렇게 말했다.

그녀는 평소 걸치는 전신 갑옷 위에 사슬이 들어간 무거운 망토를 걸쳤고, 왼손 팔뚝 부분에는 착탈식 방패까지 달고 있었다.

이렇게 중무장을 하고도 투구를 쓰지 않는 것은 여자로서 양보할 수 없는 무언가 때문이리라.

다크니스는 도망칠 준비를 하러 방에 갔던 것이 아니라, 장비를 챙기러 갔던 것 같았다.

역시 이러니저러니 해도 성기사는 성기사였다.

마을 주민들을 두고 도망친다는 선택지가 그녀에게는 존재하지 않는 것 같았다.

"어이 너희도 다크니스를 보고 배워! 오랫동안 살았던 이 저택과 이 마을에 애착은 없는 거냐?! 자아, 빨리 길드로 가자!"

"……저기, 카즈마. 오늘은 왜 그렇게 불타오르고 있는 거야? 왠지 눈도 엄청 반짝이고 있잖아. 그리고, 우리가 이 저택에 살기 시작한 후로 아직 하루밖에 지나지 않았는데……."

2

"오! 역시 와줬구나, 카즈마! 너라면 올 거라고 믿었어!"

완전무장을 하고 길드에 가보니, 우리와 마찬가지로 중장비를 걸친 더스트가 있었다.

나도 너희가 있을 거라고 믿고 있었어.

더스트의 옆에는 키스, 테일러, 그리고 린이 있었다.

나는 다시 한 번 길드 안을 둘러보았다.

그러자 수많은 모험가들이 최대한 중무장을 하고 이곳에 와있었다.

분명 그들도 이 마을을 좋아하는 것이리라.

왠지 남성 모험가의 비율이 높은 것 같은 느낌이 들지만, 그건 착각일 것이다.

그리고 아는 얼굴도 꽤 있었다.

좀 떨어진 곳에는 나처럼 지구에서 이 세계로 온 마검사 미츠루기도 있었다.

아직 나를 발견하지 못한 것 같지만, 그 녀석과 시비가 붙는 건 가능한 한 피하고 싶다.

저 녀석에게 들키지 않도록 주의해야지.

……아무튼, 모험가들이 어느 정도 모였을 즈음…….

"길드로 모여주신 여러분! 긴급 호출에 응해주셔서 정말 감사합니다! 지금부터 기동요새 디스트로이어를 토벌하기 위한 긴급 퀘스트를 시작하겠습니다. 이 퀘스트에는 레벨 이나 직업에 상관없이 전원 참가해 주셨으면 합니다. 무리 라고 판단될 경우, 전원이 함께 마을을 버리고 도망치겠습 니다. 여러분이 이 마을을 지킬 최후의 보루입니다. 부디, 잘 부탁드립니다!"

술렁거리는 길드 안에서 길드 직원의 목소리가 울려 퍼 졌다.

그리고 직원들이 술집 파트에 있는 테이블을 길드 중앙으로 모으더니, 즉석에서 회의실 같은 공간을 만들었다.

오오, 분위기가 장난 아닌걸. 뭐랄까, 잔뜩 긴장된 느낌이야.

그 정도로 디스트로이어는 무시무시한 상대라는 건가.

"그럼 모여주신 여러분, 지금부터 긴급 작전 회의를 시작하겠습니다. 자아, 자리에 앉아주십시오!"

우리는 직원의 지시에 따라 다른 모험가들처럼 자리에 앉았다.

하지만 어느 정도의 인원이 모인 걸까.

이 넓은 길드 안에는 백 명이 넘는 모험가들이 모여 있는 것 같았다.

다들 자리에 앉자, 다른 모험가들의 얼굴이 잘 보였다.

……윽, 미츠루기가 우리를 발견했어.

그는 내 옆에서 컵 안에 든 물로 놀고 있는 아쿠아를 뚫어져라 쳐다보고 있었다.

"자, 그럼 우선 현재 상황부터 설명할까 합니다! ……으음, 우선 기동요새 디스트로이어에 대한 설명이 필요한 분이 계신가요?"

직원이 그렇게 말하자, 나를 비롯한 몇몇 모험가가 손을 들었다.

그 모습을 본 직원은 고개를 끄덕이며 설명을 시작했다.

"기동요새 디스트로이어는 원래 마왕군을 상대하기 위한 병기로써, 마도기술대국 노이즈에서 개발한 초대형 골렘입니다. 거액의 국가예산을 투자해 만든 이 거대한 골렘의 겉모습은 거미와 비슷합니다. 조그마한 성에 버금가는 크기를 자랑하며, 마법금속이 아낌없이 쓰였기에 겉모습에 어울리지 않게 가볍죠. 그래서 여덟 개의 거대한 다리를 이용해 말을 능가하는 속도를 낼 수 있습니다."

디스트로이어는 꽤나 유명한지 대부분의 모험가들은 그 정도는 다 알고 있다는 듯이 고개를 끄덕였다.

"주목해야 할 점은 거대한 몸집과 침공 속도입니다. 엄청난 속도로 움직이는 여덟 개의 다리에 밟히면 대형 몬스터조차 다진 고기가 되어버리죠. 그리고 디스트로이어는 노이즈 국 마도기술의 정수를 모아 만든 강력한 마력 결계를 항상 펼치고 있습니다. 이 결계 때문에 마법 공격은 통하지 않습니다."

그 말을 들은 모험가들의 표정이 미묘하게 어두워지기 시작했다.

자신들이 얼마나 무모한 싸움을 벌이려 하고 있는 것인지 점점 깨닫고 있는 것이리라.

"마법이 통하지 않으니 물리 공격을 펼칠 수밖에 없지만…… 접근하려고 하면 그대로 밟히고 맙니다. 그러니 활이나 투석기 같은 원거리 공격을 시도해야 합니다만…….

마법금속제 골렘이기 때문에 화살은 꽂히지 않으며, 공성용 투석기도 말보다 빠른 속도로 움직일 수 있는 기동요새를 상대로 운용하는 것은 쉽지 않을 겁니다. 게다가 골렘의 몸통 부분에는 하늘에서 날아오는 공격에 대비하기 위해, 자율형 중형 골렘이 날아오는 물체를 소형 투석기로 격추하고 있으며, 전투용 골렘도 몸통 부분에 배치되어 있습니다."

……호오.

"그리고 그 기동요새 디스트로이어가 왜 날뛰고 있냐면……. 연구개발을 담당한 책임자가 이 기동요새를 탈취했기 때문이라고 합니다. 그리고 지금도 기동요새의 중추 부분에 그 연구원이 있으며, 골렘들에게 지시를 내리고 있다고 합니다……. 이 대륙에는 디스트로이어에게 공격을 받지 않은 땅은 없으며, 그 거미 같은 다리 덕분에 험난하기 그지없는 길도 무리없이 이동할 수 있습니다. 현재, 인류, 몬스터를 가리지 않고 평등하게 유린하고 있는 기동요새, 그것이 바로 디스트로이어입니다. 이것이 접근할 경우에는 마을을 버리고 지나갈 때까지 기다린 후, 마을을 재건하는 방법밖에 없다고 일컬어지고 있습니다. 그야말로 재해나 다름없는 존재죠."

아까까지만 해도 쉴 새 없이 떠들어대던 모험가들이 어느새 침묵에 휩싸여 있었다.

"현재 기동요새 디스트로이어는 이 마을의 북서쪽 방면에서 이쪽을 향해 일직선으로 침공하고 있습니다. ……그럼 여러분의 의견을 말씀해주십시오!"

밸런스 패치 없이는 클리어가 불가능한 막장 게임.

내 머릿속에는 그런 말이 떠올라 있었다.

……바로 그때, 한 모험가가 손을 들었다.

"……저기, 그 마도기술대국 노이즈라는 나라는 어떻게 됐죠? 디스트로이어를 만든 나라라면, 그것에 필적하는 뭔가를 만들 수도 있지 않을까요? 아니면 하다못해 기동요새의 약점만 알아내면……."

"멸망했습니다. 디스트로이어의 폭주에 휘말려 가장 먼저 멸망하고 말았죠."

"……다른 의견 있으신 분은 없습니까?"

직원이 재촉했다.

그러자 또 다른 모험가가 손을 들었다.

"마을 주변에 거대한 구멍을 파서 빠뜨린다든가……."

"해봤습니다. 수많은 《엘리멘탈 마스터》를 모아 땅의 정령의 힘을 빌려 즉석에서 거대한 함정을 판 후, 거기에 디스트로이어를 빠뜨렸습니다만……. 뛰어난 기동성능과 여덟 개의 다리를 이용해 점프를 하더군요. 원래 위에서 바위를 떨어뜨려 묻어버릴 예정이었습니다만, 그럴 틈도 없었다고 합니다."

"……."

또 길드 안에 정적만이 흘렀다.

"다른 의견이 있으신 분은 없습니까?"

또 다른 모험가가 손을 들었다.

"마왕군은 어떤 식으로 대처하고 있지? 마왕성은 유린당하지 않은 거야? 그 녀석들은 대체 어떻게 디스트로이어로부터 자신들을 지키고 있는 거야? 그 녀석들도 디스트로이어 때문에 곤란할 거잖아?"

"그 성에는 강력한 마력 결계가 쳐져 있습니다. 인류의 힘으로는 칠 수도 없는 규모의 결계죠. 아직 마왕성은 피해를 받지 않은 것 같으며, 그들이 디스트로이어를 파괴하려는 움직임을 취하고 있지도 않습니다. 그들에게 있어 야행 몬스터가 유린당하는 것은 신경 쓸 가치도 없는 일일 테니까요."

직원이 차분한 목소리로 말했다.

"다른 의견은, 없습니까?"

3

회의는 난항을 거듭하고 있었다.

기동요새에 밧줄 같은 것을 건 후 그걸 이용해서 내부에 침입하자는 의견을 내놓으면, 속도가 너무 빨라서 무리라는 반대 의견이 나왔다.

디스트로이어보다 큰 바리케이드를 만들자는 의견을 내놓으면, 벽을 우회하면서 침공한 예가 있다고 직원이 말해 길드 안에 정적이 흐르게 만들었다.

마법이 통하지 않는다. 접근하면 밝힌다. 상공에서 공격하려 해도 격추된다.

게다가, 이 모든 대응이 신속하게 이뤄지는 것이다.

아쿠아와 메구밍이 도망치려고 한 것도 납득이 되었다.

난항을 겪는 회의에 질렸는지, 옆 테이블에 앉아 있던 테일러가…….

"어이, 카즈마. 너는 머리가 잘 돌아가잖아. 뭔가 좋은 작전은 없는 거야?"

갑자기 나에게 그런 말도 안 되는 소리를 했다.

……나보고 어쩌라는 거냐고.

메구밍이 떨어진 곳에서 폭렬마법을 날리게 해서 박살낼 생각밖에 없었지만, 결계 때문에 마법이 통하지 않는다면…….

…………

결계 때문에, 마법이 통하지 않는다.

나는 컵 안의 물로 테이블에 그림을 그리며 놀고 있는 아쿠아를 쳐다보면서 말했다.

"어이, 아쿠아. 위즈의 말에 따르면, 마왕군 간부 두세 명이 유지하고 있는 마왕성의 마력 결계도 너라면 파괴할 수 있다면서? 그렇다면 디스트로이어의 결계도…… 우왓?! 이게 뭐야~?!"

나는 그렇게 외치면서, 아쿠아가 물을 이용해 테이블 위에 그린 그림을 보고 눈을 뗄 수 없었다.

아름다운 천사가 한손에 꽃을 들고 있는 그 그림은 그야말로 예술 작품이었다……!

"아, 그러고 보니 그런 소리를 하기도 했었지. 하지만 해보지 않는 이상 어떻게 될지 알 수 없어. 그러니까 결계를 깰 수 있을 거라는 장담은 못해."

아쿠아는 그렇게 말하면서 물로 그린 그림 위로 컵 안에 남아있던 물을 부었다.

"아앗! 아깝잖아! 왜 지운 거야?!"

"가, 갑자기 왜 그래? 다 그렸으니까 지우고 새로운 그림을……."

우리가 그런 소리를 하고 있을 때, 직원이 고함을 지르듯 외쳤다.

"디, 디스트로이어의 결계를 파괴할 수 있는 건가요?!"

직원이 그렇게 말한 순간, 모험가들의 시선이 나와 아쿠아에게 집중되었다.

나는 허둥지둥 손을 내저었다.

"어디까지나 가능할지도 모른다는 거예요. 확답은 줄 수 없대요."

내가 허둥지둥 그렇게 말하자, 길드 안이 술렁거렸다.

그리고…….

"일단 시도해주시지 않겠습니까? 결계만 파괴한다면 마법으로 공격할 수 있을 겁니다……! 아, 하지만 기동요새에게는 웬만한 마법은 효과가 없죠. 풋내기뿐인 이 마을의 마법사들로는 화력이 부족하려나……."

직원이 다시 고민에 잠긴 순간, 길드 안은 또 정적이 흘렀다.

하지만 바로 그때, 한 모험가가 말했다.

"화력이 끝내주는 녀석이라면 있잖아. 정신 나간 그 녀석 말이야."

그 순간, 길드 안은 또 술렁거렸다.

"그래. 정신 나간 그 녀석이 있었지……!"

"맞아, 정신 나간 애가 있었어……!"

"잠깐, 그 말이 나를 지칭하는 거라면, 그 표현은 더 이상 쓰지 않는 편이 좋을 것이다. 한 번만 더 들리면, 내 정신이 얼마나 나갔는지를 이 자리에서 증명해주마."

메구밍이 지팡이를 들면서 자리에서 벌떡 일어나자, 모험가들은 일제히 고개를 돌렸다.

이건 전부 마왕군 간부, 베르디아 탓이다.

그 녀석이 메구밍을 정신 나간 홍마족 계집이라고 부른 후로 모험가들 사이에서는 그 명칭이 정착한 것 같았다.

무심결에 자리를 박차고 일어나기는 했지만, 주위 사람들에게 기대에 찬 시선을 받은 메구밍은 점점 얼굴을 붉히더니……

"으으…… 저, 저의 폭렬마법으로도, 한 방에 박살을 내는 건…… 히, 힘들 거라고 생각해요……."

낮은 목소리로 그렇게 중얼거리면서 다시 자리에 앉았다.

그럼, 하다못해 한 명.

강력한 마법을 쓸 수 있는 이가 한 명만 더 있으면…….

—길드 안이 그런 분위기로 감싸인 순간, 갑자기 길드의 입구가 열렸다.

"늦어서 죄송해요……! 위즈 마도구점 주인이에요. 저도 모험가 자격을 가지고 있으니 여러분을 돕고……."

길드 안으로 들어온 이는 가게에서 작업을 하다 서둘러 이곳으로 왔는지, 검은색 로브 위에 가게에서 쓰는 앞치마를 걸친 위즈였다.

마치 주방 보조 일이라도 하러온 여자애 같은 모습이었다.

그런 위즈를 본 모험가들은……

"가게 주인이다!"

"가난뱅이 점주가 왔어!"

"점주 씨, 항상 그 가게에서 제공해주는 꿈속에서 신세를 지고 있습니다!"

"점주 씨가 왔어! 이길 수 있어! 이길 수 있다고!"

그녀를 열렬히 환영했다.

나는 위즈가 리치라는 사실을 알고 있다.

하지만 그 사실을 모르는 모험가들은 왜 다 이기기라도 한 것처럼 저렇게 기뻐하는 거지?

"어이, 위즈가 왜 이렇게 유명한 거야? 꽤나 인기가 있어 보이는데 뭔가 이유라도 있는 거야? 그리고 불쌍하니까 가난뱅이 점주라고는 부르지 마. 그 가게, 장사가 잘 안 되는 거야?"

내가 근처에 있는 테일러에게 묻자…….

"너, 모르는 거야? 위즈 씨는 옛날에 고명한 마법사였어. 실력파 아크 위저드로 이름을 날렸는데, 어느 날 은퇴하더니 한 동안 모습을 보이지 않았지. 그런데 느닷없이 이 마을에 나타나서 가게를 연 거야. 위즈 씨의 가게가 장사가 잘 안 되는 건 풋내기가 많은 이 마을에는 고가의 매직 아이템을 필요로 하는 모험가가 없기 때문이지. 수도에서 가게를 열었다면 좀 더 수요가 있었을 걸? 강적과 싸우는 것도 아닌 우리가 고가의 약이나 무지막지하게 비싼 마도구를 쓸 일이 없잖아. 다들 미인 점주를 보러 가게에 들르기만 할 뿐이야. 물건을 사지도 않으면서 말이야."

어이, 가게 주인의 얼굴만 보고 나오지 말고 물건 좀 사주라고…….

"아, 안녕하세요. 점주예요. 위즈 마도구점을 잘 부탁드려요……. 점주예요. 항상 감사합니다. 저희 가게를 잘 부탁해요. 가게가 또 적자 위기예요……!"

위즈는 그렇게 말하면서 환성을 지르고 있는 모험가들을 향해 연신 고개를 숙였다.

다, 다음번에 가면 뭐라도 하나 사야겠다.

"위즈 마도구점의 점주 님, 오래간만에 뵙습니다! 길드 직원 일동은 진심으로 당신을 환영합니다! 자, 이쪽으로 오시죠!"

직원의 안내를 받은 위즈는 주위를 향해 연신 고개를 숙이면서 중앙 테이블 자리에 앉았다.

위즈가 자리에 앉자, 모험가들은 기대에 찬 눈길로 이 회의를 진행하고 있는 직원을 쳐다보았다.

직원은 그 시선에 답하듯 입을 열었다.

"그럼 점주 님이 와주셨으니 작전 회의를 재개하겠습니다. 으음, 점주 님이 오셨으니 구상 중인 작전을 다시 정리해보겠습니다. ……우선 아크 프리스트이신 아쿠아 씨가 디스트로이어의 결계를 해제. 그리고, 정신 나……, 메구밍 씨가 결계가 사라진 디스트로이어에게 폭렬마법을 날리는 겁니다."

그 말을 들은 위즈는 입가에 손을 댄 채 생각에 잠겼다.

"……폭렬마법으로 다리를 파괴하는 편이 좋을 것 같군요. 디스트로이어의 다리는 좌우에 네 개씩이에요. 그러니 메구밍 양과 제가 좌우에서 폭렬마법을 날리는 건 어떨까요? 기동요새의 다리만 부술 수 있다면 충분히 승산이 있을 거라고 봅니다만……."

길드 직원도 위즈의 제안을 듣고 고개를 끄덕였다.

그건 그렇고 위즈는 리치답게 폭렬마법도 쓸 수 있구나.

확실히 다리만 부수면 기동을 할 수 없을 테니, 마을이 유린될 걱정도 없어진다.

전투용 골렘이 배치되어 있는 위험한 본체에 일부러 쳐들어갈 필요도 없다.

움직이지 못하게 된 디스트로이어를 철저하게 감시하면서, 메구밍에게 하루 한 번 폭렬마법을 날리게 한다든가 해서 천천히 공략하면 된다.

요새 내부에 있다는 개발 책임자라는 녀석도 매일같이 마법을 날려대면 투항할지도 모른다.

그 후, 위즈의 의견을 수렴해 작전을 짰다.

만에 하나의 사태에 대비해 마을 앞에 함정을 파고 바리케이드를 만들자 등 여러 의견이 나왔다.

"그럼 결계 해제 후, 폭렬마법으로 다리를 공격하겠습니다. 만일 다리가 완전히 파괴되지 않았을 때를 대비해 전위 담당 모험가 분들은 해머 등을 장비하고, 디스트로이어 통과 예정 지점을 둘러싸듯 대기해주십시오. 그리고 마법으로 완전히 파괴되지 않은 다리를 공격해 파괴하는 겁니다. 요새 내부에는 디스트로이어를 개발한 연구원이 있을 것으로 추정되며, 그 자가 무슨 짓을 벌일 가능성도 있습니다. 만일의 사태에 대비해 본체 내부에 돌입할 수 있도록 밧줄 달린 화살을 나눠드리겠으며, 아처 분들은 그것을 장비해주십시오. 그리고 장비가 가벼운 분들은 요새 내부로의 돌입 준비를 해주십시오!"

작전회의의 진행을 담당한 직원이 작전을 정리한 후, 전원에게 지시를 내렸다.

4

마을 앞에서는 모험가뿐만 아니라 마을 주민들도 힘을 합쳐 즉석 바리케이드를 만들고 있었다.

작업에 종사하고 있는 사람들 중에는 나와 아쿠아가 예전에 신세를 졌던 토목회사의 인부 감독도 있었다.

디스트로이어와 맞서 싸울 장소는 마을 정문 앞에 있는

평원이다.

그곳에서는 함정을 설치할 수 있는 직종의 사람들이 괜한 짓이라는 것을 알면서도 함정을 치고 있었다.

마을 앞에 설치한 바리케이드 앞에서는 《크리에이터》라고 불리는 직종의 사람들이 모여 의견충돌을 벌이면서 지면에 마법진을 그리고 있었다.

"어이, 다크니스. 너는 물러나 있어. 네가 얼마나 튼튼한지는 알지만, 디스트로이어의 공격을 견뎌내는 건 무리야. 그러니까 여기 있어봤자 전혀 도움이 안 돼. 지금은 너의 그 골 때리는 취미는 포기하고, 나와 같이 구석에 처박혀 있자. 응?"

나는 정문 앞에 있는 바리케이드의 앞에 당당히 서있는 다크니스를 또다시 설득하려 했다.

이 변태 크루세이더는 여기서 한 발짝도 움직이지 않겠다면서 고집을 피우고 있는 것이다.

새로 장만한 대검을 지면에 꽂은 다크니스는 양손을 칼자루에 얹더니, 아직 모습도 보이지 않는 디스트로이어가 있는 방향을 쳐다보면서 꼼짝도 하지 않았다.

아무 말도 하지 않던 다크니스는 이윽고 입을 열었다.

"……카즈마. 내 평소 행동 때문에 네가 그렇게 생각하는 것도 무리는 아닐 거다. ……하지만 내가 이런 비상시국에도 자신의 욕망에 충실한 여자일 거라고 생각하는 것이냐?"

"응. 당연하잖아."

한 순간 입을 다문 다크니스는 약간 볼을 붉히면서 말을 이었다.

"······나는 성기사다. 그리고 그것 외에도 나에게는 이 마을을 지켜야만 하는 이유가 있지. 언젠가는 그 이유를 너에게 말할지도 모른다."

다크니스는 그 말을 듣고 고개를 끄덕이는 나를 곁눈질하면서 말을 이었다.

"지금은 아직 밝힐 수 없지만, 나에게는 이 땅에 사는 주민들을 지켜야만 하는 의무가 있다. 이 마을의 주민들은 신경 쓰지 않겠지만, 적어도 나는 그 의무에 충실하고 싶다. 그러니······ 부질없는 짓일지라도, 나는 여기서 단 한 걸음도 물러설 수 없다."

"넌 때때로 엄청 제멋대로에 고집을 마구마구 부려대는구나."

내가 어이없다는 듯한 목소리로 그렇게 말하자, 다크니스는 약간 난처한 듯한, 그리고 불안한 듯한 표정을 지었다.

"······제멋대로에 고집 센 동료는 싫은 것이냐?"

"어디 사는 아크 프리스트가 고집을 피울 때는 짜증이 나서 확 때려주고 싶긴 해. 하지만 지금의 너 같은 녀석은 아무리 고집을 피워도 싫어지지가 않네."

내가 별 생각 없이 적당히 그렇게 말하자…….

"……그런가."

다크니스는 약간 안심한 듯한 어조로 중얼거렸다.

5

"설득은 실패했어. 그 돌대가리 변태를 지키기 위해서라도, 반드시 작전을 성공시키자고."

디스트로이어 요격 지점 옆에서 대기하고 있는 메구밍에게 다가가 몸을 웅크린 나는 약간 긴장한 듯한 메구밍에게 그렇게 말했다.

"그, 그그, 그런가요……! 해, 해내야겠네요! 제, 제제제, 제가, 반드시 해내야겠네요……!"

"어, 어이, 진정해. 만약의 사태가 발생하면 그 녀석의 무거운 장비를 억지로 스틸로 빼앗아서 가볍게 만든 후, 강제로라도 대피시킬게!"

―그것보다…….

"저기, 네 머리에서 연기가 나는데 괜찮은 거야? 그거 뭐야? 혹시 내 앞에서 장기자랑이라도 선보이려는 거야?"

"아, 아니에요, 아쿠아 님……. 이건, 그러니까, 이렇게 맑은 하늘 아래에서 장시간 동안 햇빛에 몸을 노출시키고 있었던지라……."

　요격지점을 사이에 둔 맞은편에서는 아쿠아와 위즈가 몸을 웅크린 채 대화를 나누고 있었다.
　우리와 아쿠아 일행의 주위에는 골렘에게 효과가 좋다는 해머 같은 타격 무기를 장비한 모험가들이 모여 있었다.
　그리고 아처들은 촉 부분이 갈고리처럼 되어 있고, 꼬리 부분에는 가늘지만 튼튼한 밧줄이 달린 화살을 활에 걸고 있었다. 만약의 사태가 벌어졌을 경우, 언제라도 움직임을 멈춘 기동요새에 돌입하기 위한 밧줄을 걸 준비를 끝마친 것이다.
　―마법으로 크게 만든 길드 직원의 목소리가 넓은 평원에 울려 퍼졌다.
　『모험가 여러분, 곧 기동요새 디스트로이어가 보일 겁니다! 마을 주민 여러분은 즉시 마을 밖으로 대피해 주십시오! 그리고 모험가 여러분은 전투 준비를 부탁드립니다!』

　―기동요새 디스트로이어.

　그것은 치트급 특전을 보유한 일본인이 장난삼아 붙인 이름이라고 한다.

이름 좀 장난삼아 붙이지 말라고 말하고 싶은 심정이지만, 기동요새를 본 이들은 누구나 그 이름에 납득한다고 한다.

멀리 떨어져 있는 언덕 너머로 그 머리가 처음으로 보였다.

그와 동시에 가벼운 진동이 느껴졌다.

희미하기는 하지만, 분명 대지가 흔들리고 있었다.

"뭐가 저렇게 커······."

누군가가 중얼거렸다.

확실히 컸다.

나는 메구밍과 함께 다닌 덕분에 폭렬마법의 위력을 잘 알고 있었다.

그런 나이기에 이 말은 꼭 해야겠다.

저거······. 폭렬마법으로 파괴할 수 있는 거야?

"어이, 이거 무리 아냐? 저걸 부숴? 완전 무리라고!"

근처에 있는 누군가가 허둥지둥 그렇게 외쳤다.

"『크리에이트 어스 골렘』!"

크리에이터들이 지면에 있는 흙으로 골렘을 만들었다.

골렘들은 마을을 지키듯 서있는 다크니스의 등 뒤에 시립하듯 줄맞춰 섰다.

이 마을의 크리에이터는 대부분 풋내기다.

강력한 골렘을 만들려고 하면, 그 대신 골렘의 활동 시간을 줄일 수밖에 없다고 한다.

그래서 전투가 시작되기 직전에 골렘을 만들어낸 것이리라.

"커! 게다가 빨라! 의외로 무서워!!"

거대한 디스트로이어가 다가오는 모습을 본 모험가들이 패닉을 일으켰다.

"왔다~! 다들, 머리를 숙여! 밟히고 싶지 않으면 절대 디스트로이어의 앞에 서지 마!"

누군가가 조언을 했지만, 솔직히 말해 다들 그 말에 귀를 기울일 여유가 없었다.

그 정도로 눈앞에 있는 기동요새는 압도적인 위압감을 자랑하고 있으며…….

"저기, 위즈! 정말 괜찮은 거지?! 괜찮은 거 맞지?!"

나와 메구밍이 대기하고 있는 장소에서 한참 떨어진 곳에 있는 아쿠아가, 자신의 옆에 있는 위즈에게 몇 번이나 똑같은 걸 물어보고 있었다.

"괜찮아요. 맡겨만 주세요, 아쿠아 님. 이래봬도 저는 리치, 최상위 언데드 중 한 명이랍니다. 아쿠아 님께서 마력 결계를 부숴주신다면 뒷일은 제가 책임지겠어요! ……만약 실패한다면 다 같이 사이좋게 흙으로 돌아가죠."

"농담하지 마! 농담하지 말라구!!"

대화는 전혀 들리지 않지만 꽤나 시끌벅적하게 떠들고 있는 그 두 사람을 쳐다보면서, 나는 옆에서 부들부들 떨고 있는 메구밍에게 말했다.

"어이, 좀 진정해. 실패해봤자 아무도 너를 탓하지 않을 거야. 만약 실패하면 그때는 마을을 버리고 다 같이 도망가면 되잖아. 그러니 너무 긴장하지 마."

이번에 딱히 할 일이 없는 나는 느긋한 어조로 말했다.

"괘괘괘괘, 괘, 괜찮아요! 나나나, 나의 폭렬마법으로, 어, 없애주겠노라!"

메구밍은 무지막지하게 떨리는 목소리로 말했다.

하지만 메구밍이 저러는 것도 무리는 아니었다. 그녀뿐만 아니라 이 자리에 있는 대부분의 모험가들은 아직 풋내기인 것이다.

"왔다~! 전투 준비~!!"

이건 테일러의 목소리인가?

아쿠아가 마법을 날리는 타이밍 지시와 현장 지휘는 나에게 일임되었다.

길드 직원이 지시를 내리기 위한 확성기 같은 마도구를 나에게 맡긴 것이다.

내가 이번 작전의 주요인물인 아쿠아와 메구밍이 소속된 파티의 리더라서 그렇게 된 것 같았다.

그리고 테일러가 길드 직원에게 이런저런 말도 안 되는 소리를 한 것 같기도 했다.

디스트로이어는 어느새 우리 근처까지 접근했다.

상대를 올려다보니 압도적인 존재감이 느껴졌다.

현장 지휘를 맡지 않았다면, 그리고 다크니스가 고집을 부리지만 않았다면, 나는 바로 도망쳤을지도 모른다.

윗부분은 항공모함의 갑판처럼 평평했고, 그 위에는 요새 같은 건조물이 존재했다. 그리고 갑판 곳곳에는 투석기를 탑재한, 거미 같은 겉모습을 지닌 거대한 골렘.

—기동요새 디스트로이어.

어이없는 이름을 지닌 이 거대한 기동요새가 수많은 함정을 개의치 않으며 걸음을 내디딜 때마다 주위에 굉음이 울려 퍼졌다. 그리고…….

『아쿠아! 지금이야! 써!』

우리가 사는 마을을 유린하기 위해 요격 지점에 들어섰다!

"『세이크리드 스펠 브레이크』!"

아쿠아가 내 신호에 맞춰 마법을 사용했다.

아쿠아의 주위에 복잡한 마법진이 생겨나더니, 그녀의 손바닥에는 새하얀 빛으로 된 구체가 생겼다.

아쿠아가 그것을 앞으로 내밀자, 그 빛의 구체가 디스트로이어를 향해 발사되었다.

발사된 빛의 구체가 디스트로이어에게 닿는 것과 동시에 디스트로이어의 몸통에 얇은 막 같은 것이 생겨났다. 그 막은 구체를 막아내려 했지만, 곧 유리가 깨지는 소리를 내면서 산산조각 났다.

메구밍이 지시를 기다리듯 지팡이를 쥔 손을 희미하게 떨면서 불안에 찬 표정으로 내 얼굴을 올려다보았다.

아마 방금 박살난 막이 마력결계라는 것이리라.

그렇다면 이제 마법이 통할 것이다.

나는 확성기를 대고 큰 목소리로 외쳤다!

『위즈, 부탁해! 그쪽에 있는 다리를 박살내버려!』

위즈에게 지시를 내린 후, 나는 긴장한 탓에 떨고 있는 메구밍을 향해 말했다.

"어이, 폭렬마법을 향한 네 사랑은 진짜인 거냐? 항상 폭렬마법, 폭렬마법 하고 외치고 다녀놓고 위즈에게 지면 꼴사나울걸? 네 폭렬마법은 저것도 박살내지 못할 만큼 약해빠진 거냐?"

"뭐, 뭐라고요?! 방금, 그 말은 저한테 절대 해서는 안 되는 말이라고요!!"

분노 덕분에 긴장에서 완전히 벗어난 메구밍은 자리에서 벌떡 일어나더니 낭랑한 목소리로 힘차게 주문을 영창했다⋯⋯!

대기하고 있는 우리의 눈앞을 디스트로이어가 굉음을 내면서 지나가려고 순간⋯⋯.

한때 실력파 아크 위저드로서 이름을 날렸으며, 지금은 경영난에 허덕이고 있는 조그마한 마도구점을 운영하는 리치.

그리고 현재, 정신 나간 폭렬 걸로서 이름을 날리고 있으며, 단 하나의 마법에 자신의 모든 것을 바친 홍마족 제일의 아크 위저드.

그 두 사람이 펼친 최강의 공격마법이 난공불락의 현상범에게 작렬했다.

""『익스플로전』!!""

—두 사람이 동시에 날린 폭렬마법은 기동요새의 다리를 하나도 남김없이 분쇄했다!

6

순식간에 다리를 잃은 기동요새는 엄청난 땅울림, 그리고 굉음을 내며 평원 한복판에서 그대로 주저앉았다. 그리고 관성의 법칙에 따라 마을을 향해 미끄러졌다.

하지만 그 거대한 몸통은 마을 앞에 있는 바리케이드에 닿기 전, 최전선에 서있는 다크니스의 코앞에서 멈췄다.

분쇄된 거대한 다리의 파편이 굉음을 내며 모험가들을 향해 흩뿌려졌다.

위즈가 다리를 박살낸 반대편은 파편도 남지 않을 만큼 완벽하게 파괴 됐는지 파편이 떨어지지 않았다.

하지만 이쪽에는 꽤 커다란 파편이 떨어지고 있었다.

그건 즉······.

"으으으······. 워, 원통해요······. 역시 리치, 위즈의 폭렬마법을 이기기에는 제 레벨이 아직 낮은 것 같네요······."

메구밍은 바닥에 쓰러진 채 원통한 목소리로 중얼거렸다.

내가 그녀의 조그마한 몸을 안아 일으키자, 메구밍은 마력을 전부 사용한 탓에 새파랗게 질린 얼굴로 말했다.

"부, 분해요······. 다, 다음에는······. 다음에야말로······!"

"그래도 정말 잘했어. 상대는 마도(魔道)의 극치에 도달했다는 리치잖아. 이기지 못하는 게 당연한 거야. 다음번에 더 노력하라고. 그리고 목적은 달성했잖아. 정말 수고했어."

내가 나무 그늘로 옮기려고 하자, 메구밍은 새파랗게 질린 얼굴로 나에게 매달렸다.

"한 번 더······! 한 번만 더 찬스를 주세요! 제 폭렬마법이야말로 최고라는 걸 증명하고 싶단 말이에요······!"

"어, 어이, 그만해! 내 바지 잡지 마! 알았어! 폭렬마법에 있어서는 네가 최고야! 아까는 약간 컨디션이 나빴을 뿐일 거야! 마력이 회복된 후에 또 네 폭렬마법을 봐줄 테니까, 지금은 안전한 곳에서 쉬고 있어!"

메구밍을 나무그늘로 질질 끌고 가서 눕혀뒀을 즈음, 아쿠아와 위즈가 나를 향해 뛰어왔다. 참고로 다른 모험가들은 아직도 하늘에서 떨어지는 파편으로부터 머리를 지키느라 여념이 없었다.

다크니스는 파편 따위 개의치 않는다는 듯이 눈도 깜짝하지 않은 채, 그 자리에서 한 걸음도 움직이지 않고 있었다.

거대한 디스트로이어 쪽으로 고개를 돌려보니, 다리를 잃은 거대 요새는 침묵을 지키고 있었다.

파편의 비가 멎은 후, 그제야 차분히 상황을 파악하기 시작한 모험가들이 오오…… 하고 탄성을 터뜨렸다.

하지만 이렇게 간단히 결판이 날 리가 없다.

혹시나 모르기에 나는 「해치웠나?!」처럼 플래그 세우기 딱 좋은 섣부른 발언을 자중했다. 그리고 다 같이 포위망을 구축한 후, 방심하거나 교만에 빠지지 않으면서 차분하게……!

"해냈어! 흥, 기동요새 디스트로이어 같은 거창한 이름에 어울리지 않게 약해빠졌네. 완전 실망이야. 자, 돌아가서 술이나 마시자! 저건 나라 하나가 풍비박산 나는 원인이 된 현상범이잖아. 보수가 대체 얼마나 될까?!"

"이 바보, 너는 왜 그런 틀에 박힌 발언을 좋아하는 거야! 그딴 소리를 하면……!"

나는 섣부른 발언을 입에 담는 아쿠아를 필사적으로 말렸다.

……하지만, 아무래도 한 발 늦은 것 같았다.

"……응? 이 땅울림은 뭐죠……."

아쿠아와 함께 다가오던 위즈가 불안한 눈빛으로 기동요새를 올려다보았다.

대지를 떨리게 만드는 이 진동은 디스트로이어가 일으키고 있는 것이 분명했다.

모험가들이 불안한 눈빛으로 디스트로이어를 올려다보고 있는 가운데…….

그것은 느닷없이.

『이 기체는, 기동을 정지했습니다. 이 기체는, 기동을 정지했습니다. 배열 및 기동 에너지 소비가 불가능해졌습니다. 탑승자는 서둘러 이 기체에서 내린 후 피난해주십시오. 이 기체는…….』

기동요새의 내부에서 흘러나오는 그 기계적인 음성은 몇 번이나 반복되고 있었다.

"거 봐! 너란 녀석은 한 번 도움이 되면 두 번 우리 발목을 잡아야 직성이 풀리는 거냐!"

"잠깐만! 잠깐만 있어보라구! 이건 내 탓이 아냐! 나, 이번에는 아직 아무것도 안 했단 말이야!!"

7

디스트로이어 안에서 피난을 권고하는 목소리가 흘러나오는 가운데, 나는 근처에 있는 모험가들을 불러 모았다.

"어이, 이 경고는 뭐야? 이대로 여기에 있으면 위험한 거 아냐?"

한 모험가가 말했다.

나도 그렇게 생각한다. 아니, 이 자리에 있는 모든 이들이 눈치챘을 것이다.

"보통 이런 경우, 이대로 가만히 있다간 머지않아 저게 펑 할 거라고 생각해."

다른 모험가들은 내 말을 듣고 질린 듯한 표정을 지었다.

이 거대한 요새가 폭발하기라도 한다면 대체 어느 정도의 피해가 발생할까.

게다가 요새의 동력원이 뭔지도 모르는 우리가 이 상황에서 폭발을 막는 것은 무리에 가까웠다.

결국 우리가 할 수 있는 것은 한시라도 빨리 도망치는 것 뿐이리라…….

하지만 우리 파티의 고집쟁이 크루세이더가 마을을 버리고 도망칠까.

아니, 아직 마을에 피해가 갈 정도의 폭발이 발생할 거라고 단정할 수는 없다.

그것으로 저 고집쟁이 아가씨를 설득할 수만 있다면……!

"가, 가게가……. 이대로 마을이 피해를 입는다면, 가, 가게가 없어지고 말 거야……."

바로 그때, 위즈의 흐느낌 섞인 목소리가 들렸다.

그녀가 말하는 가게란 바로 자신이 운영하는 마도구점이리라.

하지만…….

『이 기체는, 기동을 정지했습니다. 이 기체는, 기동을 정지했습니다. 배열 및 기동 에너지 소비가 불가능해졌습니다. 탑승자는 서둘러 이 기체에서 내린 후 피난해주십시오. 이 기체는…….』

안내 방송이 몇 번이나 반복해서 울려 퍼지는 가운데, 누군가가 낮은 목소리로 중얼거렸다.

"……나는 할 거야."

그 말은 누가 한 것일까.

"……나도 하겠어. 레벨이 30이 넘었는데도 아직 이 풋내기들의 마을에 있는 이유가 생각났거든."

……그, 그런 녀석도 있었구나.

하지만 그 녀석의 마음이 이해가 되지 않는 것은 아니었다.

"지금까지 헐값에 신세를 져놓고, 이 상황에서 보답하지 않는다면 인간 말종이나 다름없잖아!"

………….

주위에서 정적이 흘렀다.

그리고 들려오는 것은…….

『이 기체는, 기동을 정지했습니다. 이 기체는………….』

—나는 확성기에 대고 목청껏 고함을 질렀다.

『기동요새 디스트로이어에 돌입할 녀석은 손들어~!!』

　모험가들이 일제히 손을 드는 가운데, 아처들이 갈고리와 밧줄이 달린 화살을 디스트로이어를 향해 쐈다!

　아처는 저격이라는 스킬을 지녔다.

　그것은 화살의 비거리를 비약적으로 늘려주고, 명중률을 올려주는 스킬이다.

　스킬에 의해 비거리가 늘어난 화살은 무거운 갈고리와 밧줄이 달렸는데도 불구하고 거대한 디스트로이어의 갑판까지 쉬이 날아갔다.

　갈고리 부분이 디스트로이어의 갑판 부분에 있는 장애물에 걸렸다.

　그리고 화살 끝에 달린 밧줄을 잡아당기자, 그 밧줄은 팽팽해졌다.

　팽팽해진 밧줄을 모험가들이 차례차례 잡더니, 암벽등반을 하듯 올라가기 시작했다.

　갑옷을 입은 채 밧줄을 잡고 성과 비슷한 디스트로이어 위로 올라가는 건 인간이 할 짓이 아니라든가, 대체 그런 체력이 어디서 나오는 거냐 같은 말은 이 상황에서 해봤자 아무 의미도 없을 것이다.

이윽고 가장 먼저 밧줄 끝까지 오른 모험가가 갑판에 올라섰다.

그 뒤를 이어, 마치 이 날을 위해 단련해오기라도 한 것처럼, 사기가 하늘까지 치솟은 그들이 디스트로이어의 갑판으로 올라갔다……!

""""돌입해~!""""

모험가들은 차례차례, 마치 무력한 촌락을 습격하는 도적처럼 괴성을 지르면서 거대요새에 돌입했다!

"우, 우와아……. 저기, 카즈마. 나, 저 사람들과 섞여서 같이 싸우려니 무서워……. 저 정도 기세면 뒷일을 맡겨도 될 거야. 그러니 돌아가자. 돌아가서 내일부터 또 힘내자. 응?"

기묘한 열기에 휩싸인 모험가들을 보고 겁을 집어먹은 아쿠아가 내 소매를 잡아당겼다.

하지만 그럴 수는 없다.

저기서 내 동지, 동료들이 싸우고 있는 것이다.

"이 상황에서 어떻게 돌아가냐고……. 너, 바보지? 네 눈에는 용맹하게 적진에 뛰어든 저 용사들의 모습이 보이지 않는 거야? 지금이야말로 네가 활약해야 할 때잖아. 짜가 여신이 아니라면 빨리 저 용사들을 치유해줘."

나는 아쿠아에게 그렇게 말한 후, 요새 안으로 돌입한 녀석들의 뒤를 쫓았다.

주위에서 밧줄이 달린 화살을 쏘던 아처들도 이미 요새에 돌입했다.

나는 큰 목소리로 말했다.

"다크니스, 너는 갑옷이 무거워서 올라갈 수 없지?! 너는 메구밍과 함께 여기서 쉬고 있어! 위즈는 알아서 해! 아쿠아, 너는 이 사태를 초래한 장본인이니까 따라와!"

"자, 잠깐만! 그러니까 나는 아직 아무 것도 안 했다구!"

내가 밧줄을 잡자, 아쿠아도 울상을 지으면서 내 뒤를 따랐다.

그리고 위즈도 밧줄을 잡더니 따라왔다.

우리가 갑판에 도착하자, 그곳에서는……!

"골렘을 포위해! 그리고 밧줄을 걸어서 쓰러뜨리는 거야! 그 후 해머로 두들겨패!"

어느 쪽이 침략자인지 분간이 가지 않는 광경이 펼쳐지고 있었다.

이미 수많은 소형 골렘과 전투용 골렘이 풋내기인 줄 알았던 이 마을 모험가들에게 파괴당했다.

"짜샤! 이 안에 처박혀있지?! 열어! 이 문, 해머로 작살내버려!"

"나와! 마을을 습격한 책임자 자식, 튀어 나와! 완전히 조져버리겠어!"

고함소리로 보아하니, 몇몇 모험가들이 이 요새를 강탈한 책임자가 틀어박혀 있는 건물의 문을 억지로 비집어 열려고 하고 있는 것 같았다.

정말, 영락없는 침략자였다.

바로 그때……

"큼지막한 놈이 그쪽으로 갔어~!"

그 말을 듣고 고개를 돌려보니, 그쪽에는 전투용 골렘 한 마리가 있었다.

한 세대 전의 로봇을 연상케 하는, 투박하면서도 크고 각진 인간형 골렘이었다.

그것이 우리를 향해 접근하자, 다른 모험가들이 우리를 돕기 위해 다가왔다.

하지만 나에게는 골렘을 상대할 비책이 있었다.

"어이, 아쿠아. 멋진 걸 보여줄게. 이게 바로 스킬의 유용한 사용법이라는 거야."

나는 손가락을 꼼지락거린 후, 손바닥이 하늘을 향하게 펼친 손을 골렘을 향해 내밀었다.

상대는 골렘이다.

그렇다면, 부품을 빼앗아 버리면 움직일 수 없으리라.

일본에 있던 시절, 어떤 RPG게임에서 기계 계열 적에게 써먹었던 기술이다.

즉, 탈취 계 스킬은 기계에게 있어 즉사 공격이다!

나도 매일같이 진보하고 있는 것이다.

"『스틸』!"

"앗! 카즈마, 잠깐……."

내가 뭘 하려는 것인지 눈치챈 아쿠아가 제지하려 했지만…….

앞으로 내민 내 손바닥 위에는 이미 거대한 골렘의 머리가 놓여있었다.

물론 머리를 빼앗긴 골렘은 그 순간, 움직이지 못하게 됐다.

계획대로……!

스틸에 의해 내 오른손 손바닥 위에 놓인, 상당한 중량을 자랑하는 골렘의 거대한 머리는 그대로 중력에 따라 내 오른손을 깔아뭉개며 지면에 떨어졌다.

"……으갸~! 팔이! 팔이이이이이이잇!"

잔뜩 으스대던 내 표정이 울상으로 바뀌자, 주위에 있던 모험가들이 허둥지둥 내 오른손을 누르고 있는 골렘의 머리를 치웠다.

"아얏! 카즈마 씨, 괜찮나요?! 무거운 걸 든 몬스터에게는 스틸을 사용하면 안 돼요!"

위즈가 나를 걱정해주는 가운데, 아쿠아가 내 오른손을 살펴봤다.

"아쿠아…… 내 팔, 부러졌어. 부러진 게 분명하다고."

"금도 안 갔네. 일단 힐을 걸어줄게. 아무튼 앞으로 바보 짓 좀 하지 마. 알았지?"

아, 아쿠아에게 이딴 소리를 듣다니, 완전 굴욕이야!

"열렸다~!"

요새 같던 건물의 문을 모험가들이 해머로 부수더니, 그대로 건물 안으로 돌입했다.

현재 그들은 무서울 게 없는 것 같았다.

경보음을 깔끔히 무시한 그들은 파티 편성 같은 것도 깡그리 무시한 채 차례차례 안으로 돌입했다.

우리도 그런 믿음직한 모험가들의 뒤를 따랐다.

그 안에는 골렘이 몇 마리 있었던 것 같지만, 실로 효율적으로 파괴했다.

……평소에는 제멋대로 행동하지만, 단결한 모험가만큼 무시무시한 건 없는 것 같았다.

우리가 건물 안쪽으로 들어가 보니, 한 방 안에 사람들이 몰려 있었다.

그들은 하나 같이 가라앉은 표정을 짓고 있었으며, 아까까지의 텐션은 전부 어딘가로 사라져버린 것만 같았다.

"……어, 카즈마. 마침 잘 왔어. ……이걸 좀 봐."

방 중앙에 있던 테일러가 나에게 말했다.

테일러 또한 왠지 쓸쓸한 표정을 짓고 있었다.

그는 뭔가를 손가락으로 가리키고 있었다. ……그것은 뼈만 남은 인간의 시체였다.

이 기동요새를 탈취한 연구원은 골렘들에게 둘러싸인 요새 안에서, 쓸쓸히 방 중앙에 있는 의자에 앉아 있었다.

나는 아쿠아를 방으로 불렀다.

그리고 아무 말 없이 뼈를 손가락으로 가리키자, 아쿠아는 고개를 저었다.

"이미 성불했어. 언데드는 고사하고 눈곱만큼의 미련도 남기지 않을 만큼 개운하게 말이야."

……

개운하게?

"잠깐, 미련은 있어야 하는 거 아냐? 이 녀석, 아무리 봐도 홀로 지내다 쓸쓸하게 죽은 것 같은데……."

내 말을 듣던 아쿠아가 뭔가를 발견한 것 같았다.

그것은 책상 위에 난잡하게 쌓여 있던 서류에 깔려 있는 한 권의 수기였다.

아쿠아가 그것을 들자, 다들 입을 다물었다.

모험가들이 지켜보는 가운데, 기계적인 경보음만이 계속 울려 퍼졌다.

그런 상황에서, 아쿠아는 수기를 읽기 시작했다.

"―○월 ×일. 나라의 높으신 분이 말도 안 되는 소리를 했다. 쥐꼬리만 한 예산으로 기동요새를 만들란다. 무리다. 내가 아무리 항의해도 들은 척도 하지 않았다. 울면서 사과도 해보고, 손이 발이 되도록 싹싹 빌어도 봤지만 무리였다. 관두게 해달라고 애원해도 내 사표는 받아들여지지 않았다. 팬티 바람으로 뛰어다니면서 미친 척도 해봤지만, 여자 연구원이 나보고 팬티까지 벗으라고 말했다. 이 나라는 이미 갈 데까지 간 걸지도 모른다."

……우리는 무심코 뼈만 앙상하게 남은 시체를 쳐다보았다.

"―○월 ×일. 설계도 마감이 오늘까지다. 어쩌지. 아직 백지예요, 라고 이제 와서 말할 수도 없다. 될 대로 되라는 심정으로 선금으로 받은 돈을 술 마시는 데 다 써버린 것이다. 백지인 설계도를 보면서 고뇌하고 있을 때, 갑자기 그 종이 위에 내가 싫어하는 거미가 나타났다. 비명을 지르면서 근처에 있던 물건으로 거미를 내려쳤다. 거미는 짜부라졌다. 용지 위에서 말이다. ……요즘 같은 시대에 이런 고급 종이는 매우 비싸다. 변상하라는 말을 들어도 그럴 돈이 없다. 될 대로 되라. 그냥 이대로 줘버리자."

……으음. 우리가 미묘한 분위기에 휩싸인 가운데, 아쿠아는 수기를 계속 읽었다.

"—○월 ×일. 그 설계도는 뜻밖에도 호평이었다. 저기, 그건 내가 때려잡은 거미의 몸에서 나온 체액인데요, 그런 걸 잘도 만지네요, 같은 말은 절대 할 수 없다. 그리고 계획은 계속 진행되었다. 어쩌지. 내가 한 짓이라고는 거미 한 마리를 퇴치한 것뿐이다. 하지만 그런 내가 여기 소장이에요. 얏호!"

……아쿠아가 대충 지어낸 이야기가 아닐까 하는 의심도 들었지만, 수기를 읽고 있는 그녀의 표정은 진지 그 자체였다.

"—○월 ×일. 나는 아무 것도 하지 않았는데 계획은 멋대로 계속 진행됐다. 이 계획, 내가 없어도 될 것 같은데? 뭐, 됐어. 멋대로 하라고. 나는 나답게 멋대로 살 거야. ……동력원이 이러쿵저러쿵 같은 소리를 들었지만 내 알 바 아냐. 나는 처음부터 무리라고 말했다고. 영원토록 불타오른다고 하는 전설의 초 레어 광석, 코로나타이트라도 가지고 오라고 말했다. 말해줬다고! 가지고 올 수 있으면 가지고 와봐."

………….

"—○월 ×일. 코로나타이트를 가지고 왔다. 어쩌지. 진짜로 가지고 왔어. 그걸 동력로에 설치하기 시작했다. 어쩌지. 진짜로 어쩌지. 절대 못 가지고 올 줄 알고 말해본 건데, 진짜로 가지고 왔어. 이걸 썼는데 움직이지 않으면 어떻게 하지. 나는 어떻게 될까? 뭐? 사형? 이게 안 움직이면 사형이라고? 움직여주세요. 부탁드립니다!"

우리의 시선이 신경 쓰이는 걸까……

"—0월 ×일. 내일 기동 실험을 한다고 들었지만, 솔직히 말해 나는 아무 것도 하지 않았다. 내가 한 거라고는 거미한 마리를 잡았을 뿐이다. 이 의자에 앉아 있는 것도 오늘로 끝인가……. 그렇게 생각하니 짜증이 치솟았다. 이제 됐다. 술이나 마시자. 오늘은 최후의 만찬이다. 마음껏 마시자! 지금 이 기동병기 안에는 나밖에 없다. 술을 얼마나 퍼마시든, 바보짓을 하든, 뭐라 할 사람이 없는 것이다. 일단 가장 비싼 술부터 마시자!"

수기를 읽고 있는 아쿠아는 우리의 시선 때문에 가볍게 떨기 시작했다.

"—0월 ×일. 눈을 떠보니, 주위가 엄청 흔들리고 있었다. 무슨 일이지. 대체 무슨 일이 일어난 거지. 나 대체 술을 얼마나 마신 거야? 기억이 나지 않는다. 어제 뭘 했는지 전혀 기억이 나지 않는다. 기억나는 것이라고는 동력원이 있는 중추 부분에 가서 코로나타이트에게 설교를 해준 것뿐이다. 아니, 잠깐만 있어봐. 나, 근성을 심어주겠다면서 코로나타이트를 담뱃불로 지졌……."

수기를 읽고 있는 아쿠아는 이제 우리를 쳐다보지도 못했다.

"―○월 ×일. 현재 상황을 파악했다. 그리고 내 인생은 끝났다. 이 녀석은 현재 절찬리에 폭주 중이다. 어쩌지. 사람들은 분명 이게 내가 한 짓이라고 생각할 거야. 나, 지명수배될 거라고. 이제 와서 울면서 사과해봤자 용서해주지는 않겠지……. 큰일 났네……. 곧 기동병기를 박살낸 후, 나를 끌어내서 사형에 처하겠지? 젠장, 이 나라의 잘나신 분들도, 국왕도, 나보고 팬티까지 벗으라고 말했던 여자 연구원도, 전부 다 엿 같다고! 이딴 나라, 확 망해버리면 좋을 텐데. 뭐, 좋다. 술이나 마시고 자자. 다행히 식량과 술은 얼마든지 있다. 일단 한숨 잔 후에 다시 생각해보자."

이윽고 모험가들이 주먹을 으스러져라 말아 쥐는 소리가 이 방 안에 울려 퍼졌다.

"―○월 ×일. 나라가 멸망했다. 큰일 났다. 멸망했어. 멸망해버렸다고! 국민과 잘나신 분들은 도망친 것 같지만 말이야. 하지만 나는 나라를 멸망시켰어. 우와, 그래도 개운하네! 만족했어. 나, 이제 만족했다고. 좋아 결심했어. 이 기동병기에서 내리지 말고, 이 안에서 여생을 보내자. 내리고 싶어도 내릴 수가 없잖아. 정지시킬 수도 없고 말이야. 이거 만든 놈, 바보가 분명해. ……아차! 이걸 만든 책임자는 바로 나였지!"

수기의 내용은 이걸로 끝인지, 아쿠아는 난처한 표정을 지은 채 고개를 들면서 말했다.

"……이, 이걸로 끝이야."

"""“웃기지 마!!”"""

아쿠아와 위즈를 제외한 모든 이들의 목소리가 하모니를 이뤘다.

8

"이게 코로나타이트구나. 이걸 어떻게 빼내지?"

기동요새의 중추.

떼로 몰려가봤자 의미가 없기에 다른 이들의 추천으로 나와 아쿠아, 위즈, 이렇게 셋이서 이 방에 왔다.

방 중앙에는 철로 된 격자에 둘러싸인 조그마한 돌, 코로나타이트가 있었다.

—그 희소 광석은 불타오르는 것처럼 붉은 빛을 계속 뿜어내고 있었다.

하지만 철격자에 둘러싸인 그 돌은 빼낼 수가 없었다.

……아하. 적이 내부에 침입했을 때를 대비한 최후의 보루인가.

격자 틈 사이로 담배를 넣어 지지는 건 간단하지만, 이걸 꺼내가는 것은 무리인 것이다.

"어떻게 하지. ……아, 맞다. 마검을 지닌 그 뭐시기 씨한테……"

아쿠아가 입을 연 순간, 나는 좋은 아이디어가 떠올랐다.

"어이, 격자를 베지 않더라도, 이렇게 하면 되지 않을까? 격자가 있더라도 이 거리라면……『스틸』!"

"아앗! 카, 카즈마 씨?!"

위즈가 고함을 친 순간, 내 예상대로 격자 너머에 있던 코로나타이트가 내 손바닥 위에 놓였다.

—붉게 타오르면서 말이다.

"아아아아아아아아프뜨뜨뜨뜨뜻!"

"『프리즈』!, 『프리즈』!"

"『힐』!, 『힐』! …… 카즈마 너, 바보지? 평소에는 머리가 꽤 잘 돌아가는 것 같았는데 말이야. 아까 골렘 때도 그렇고 방금도 그렇고, 실은 바보인 거 아냐?"

크윽, 분해! 아쿠아에게 저딴 소리를 듣고도 대꾸를 할 수가 없어!

내 오른손을 태워버릴 뻔 했던 코로나타이트는 허둥지둥 마법으로 그걸 식혔던 위즈의 발치에서 굴러다니고 있었다.

코로나타이트는 위즈의 마법에 의해 한 순간 식기는 했지만, 또 새빨갛게 타오르려 하고 있었다…….

"큰일이에요. 시간이 없어요. 곧 펑 하고 터질 거예요. 이거, 어떻게 하죠……?"

고민에 빠진 위즈의 발치에 있는 코로나타이트에서 뿜어져 나오는 빛이 점점 강해졌다.

어느새 기계적인 경고음도 멎었다.

아마 이 돌이 요새 전체의 동력원이었던 것이리라.

하지만 나에게는 이걸 처리할 방법이 없었다.

아니, 솔직히 말해 이것은 이 마을의 모험가들이 어찌할 수 있는 물건이 아니었다.

이렇게 큰 요새를 움직여대던 활활 타오르는 돌을 어떻게 할 수 있는 건…….

그래. 이럴 때야말로 신의 힘을 빌리는 거야!

"어이, 아쿠아. 너, 이걸 봉인할 수 없어? 여신이 악한 힘을 봉인한다든가 같은 이야기는 꽤 흔하잖아!"

"흔하기는 하지만! 그건 전부 게임에서나 나오는 이야기라구! 위즈, 너, 이걸 어떻게 할 수 없어?!"

자칭 뭐시기 씨는, 평소 없애버리기 위해 노리고 있던 리치에게 이 골치 아픈 문제를 떠넘겨버렸다.

하지만 무리라고 말할 줄 알았던 위즈는…….

"방법이 없는 건 아니지만…….. 마력이 부족해요. 저기, 카즈마 씨. 부탁이 있어요!"

그렇게 말한 위즈는 진지한 표정을 지으면서 나를 향해 얼굴을 내밀었다.

"뭐, 뭐죠?"

위즈는 절박한 것처럼 양손바닥을 내 볼에 대더니, 엄지 손가락으로 내 입술 가장자리를 만지면서…….

주저 없이 말했다.

"빨아도 될까요?!"

"물론이죠."

무엇을, 같은 건 묻지 않았다.

하필 이런 때에?! 같은 소리도 하지 않았다.

나는 이 상황에서 당황하거나 시치미를 뗄 만큼 둔감한 타입이 아니다.

"고마워요! 그럼, 시작할게요!"

그 말을 들은 순간, 자연스럽게 위즈의 윤기 넘치는 입술 이 내 눈에 들어왔다.

아버지, 어머니. 저, 이세계에서 어른이…… 될……?

"카즈마 씨, 죄송해요! 드레인 터치!"

"아아아아아아아아아앗!"

"자, 자, 잠깐만! 더 했다간 카즈마가 건어물이 되어버릴 거야!"

아쿠아가 허둥지둥 말리자, 위즈는 내가 의식을 잃기 전 에 내 볼에서 손을 뗐다.

완전히 헛다리를 짚었네.

뭐, 이럴 거라고 예상은 했지만 말이야!

"이제 텔레포트 마법을 쓸 수 있어요! ……하지만 문제는

이걸 어디로 보낼 것인가, 인데……. 제 텔레포트로 전송이 가능한 장소는 액셀 마을과 왕도, 그리고 던전뿐이에요. 으음, 어떻게 하죠……."

즉, 이 돌을 텔레포트 시키겠다는 건가.

"저기, 던전으로 보내면 되는 거 아냐?"

"그, 그게……. 제가 전송 장소로 등록해둔 그 던전은 마법용 소재가 필요할 때 이용하는 세계 최대 수준의 던전이에요……. 현재 거기 주변에는 그 던전을 명물로 삼은 일대 관광지가 형성되어 있어요……!"

"완전 민폐잖아! 어이, 큰일 났어! 돌이 이제 새하얀 빛을 뿜기 시작했다고!"

아쿠아와 위즈가 우물쭈물하는 동안, 나는 언 발에 오줌 누기나 다름없다는 걸 알면서도 돌에 프리즈를 걸어댔다.

"실은 방법이 하나 있기는 해요! 랜덤 텔레포트라고 불리는 건데, 전송 장소를 지정하지 않고 대상을 전송시키는 거예요! 하지만 어디로 전송될지 알 수 없어요! 바다나 산으로 전송된다면 좋겠지만, 어쩌면 사람들이 밀집되어 있는 장소로 전송될지도 몰라요……!"

위즈는 미간을 찌푸린 채 금방이라도 울음을 터뜨릴 것 같은 목소리로 말했다.

랜덤 텔레포트?

"괜찮아! 이 세상은 보기보다 넓다고! 사람들이 있는 장소로 전송될 가능성보다, 아무도 없는 장소로 전송될 가능성이 훨씬 커! 책임은 전부 내가 질 테니 걱정하지 마! 나는 이래봬도 운이 좋다고!"

내 말을 들은 위즈는 고개를 끄덕이면서 힘찬 목소리로 마법을 시전했다.

"『텔레포트』!"

9

"어떻게 됐어? 코로나타이트는 어디로 간 거야? 이 근처로 전송된 건 아니겠지?!"

내 말을 들은 위즈와 아쿠아는 불안한 표정으로 서로를 쳐다보았다.

아무튼 일단 여기서 나가자.

우리가 방에서 나가보니, 갑판 위의 골렘을 전부 쓰러뜨린 모험가들은 기동요새의 경보도 멎었으니 이곳을 벗어나려 하고 있었다.

그들이 밧줄을 이용해 내려가자, 이곳에는 우리만이 남았다.

모험가들은 그 연구원의 뼈도 지상으로 옮긴 후, 나무 상자에 넣은 것 같았다.

아마 이 마을의 묘지에라도 매장해주려는 것이리라.

우리는 지상으로 내려간 후, 다크니스와 메구밍이 있는 곳으로 향했다.

나는 나무 그늘에서 쉬고 있는 메구밍을 업은 후, 승전 분위기에 휩싸인 모험가들 사이에 서 있는 다크니스에게 다가갔다.

들뜬 다른 사람들과 달리, 다크니스만은 여전히 굳은 표정으로 기동요새를 노려보고 있었다.

"어이, 다크니스. 무사히 디스트로이어의 심장부를 정지시켰어. 이제 전부 끝났어. 하아……. 진짜 피곤하네. 빨리 저택으로 돌아가서 호화로운 식사라도 하자."

다크니스는 내 말을 듣고 작게 중얼거렸다.

"아직 끝나지 않았다. 강적의 냄새를 놓치지 않는 내 후각이 위험을 동반한 향긋한 냄새를 아직도 감지하고 있다. ……저건 아직 완전히 정지되지 않았어!"

다크니스의 말에 반응하기라도 한 것처럼, 기동요새 자체가 소리를 내면서 진동하기 시작했다.

어이어이, 심장부를 빼냈는데 어째서 움직이는 거야?!

"뭐가 어떻게 된 거야? 저거 대체 어떻게 된 거냐고!"

"지지지, 진정해! 이럴 때는 그거야! 빨간색과 흰색 도화선 중에 하나를 자르면 멈출 거라구!"

"인마, 그건 시한폭탄이잖아! 내가 알고 싶은 건 디스트로이어가 코어를 잃고도 움직이는 이유라고!"

우리뿐만 아니라 다른 모험가들도 이변을 눈치챘는지 허둥지둥 디스트로이어에게서 떨어졌다.

"이, 이걸 어쩌죠?! 지금까지 내부에 쌓여 있던 열이 밖으로 새어나오려고 하고 있어요! 저렇게 큰 걸 텔레포트시키는 건 무리예요! 디스트로이어의 전면부에 폭렬마법의 여파 때문에 생긴 커다란 균열이 있죠? 거기서 열이 새어나오고 있어요! 이대로 있다간 저기서 마을을 향해……!"

"듣기 싫어! 듣기 싫다구! 카즈마~, 카즈마~! 빨리, 빨리 어떻게 좀 해봐~!!"

위즈의 말을 끊은 아쿠아가 말도 안 되는 요구를 나에게 했다.

인마, 그런 말도 안 되는 억지 요구 좀 하지 말라고……!

"마, 마력을! 누가 저에게 마력을 나눠주세요! 폭렬마법을 저 균열에 날려서, 폭발을 상쇄시키겠어요!"

위즈가 갑자기 근처에 있는 모험가들을 향해 그런 소리를 했다.

나는 허둥지둥 위즈를 잡은 후, 낮은 목소리로 귓속말을 했다.

"어, 어이, 위즈! 갑자기 무슨 소리를 하는 거야! 다른 모험가들은 네가 드레인을 할 수 있다는 걸 모르잖아! 리치라는 걸 들키면 어쩌려고 그래! 인간인 내가 리치 스킬을 사용할 수 있는 거야 조사당하더라도 어찌어찌 얼버무릴 수 있겠지만, 위즈가 인간인지 아닌지를 조사당했다간 바로 들키고 말 거라고!"

"하, 하지만! 마력을 빨 수 있는 저 외에는 아무도 저걸 막아낼 수가……!"

바로 그때, 내가 손을 내밀어서 위즈의 말을 막았다.

"나도 쓸 수 있어. 그러니까 내가 일단 누군가에게서 마력을 빨아들인 후에 그걸 위즈에게 넘겨줄게. 좀 번거롭기는 하지만, 방법은 그것뿐이야."

드레인 터치는 마력과 체력을 빨아들이는 것뿐만 아니라, 상대에게 줄 수도 있다.

마력, 마력…….

모험가 중에서 특히 마력이 많아 보이는 녀석이라면……!

"저기, 다크니스. 계속 고집 부리지 말고 빨리 도망치자! 최대한 먼 곳으로 도망치는 거야! 그리고 처음부터 새로 시작하자구! ……잠깐만 있어봐. 잘 생각해보니 우리 빚은 이 마을의 길드에게 진 거잖아? 그럼 이 마을이 날아가면 빚도 날아가 버리는 거네……!"

"어이, 거기 있는 자칭 뭐시기. 이쪽으로 좀 와봐."

당치도 않은 소리를 큰 목소리로 지껄여대고 있는, 가장 마력이 많아 보이는 녀석을, 나는 끌고 왔다.

"잠깐만, 뭐하는 거야. 지금은 카즈마를 신경 쓸 여유가 없어. 차라리 이대로오오오오오오오오~?!"

내가 느닷없이 드레인 터치를 쓰자, 아쿠아는 그대로 비명을 질렀다.

"이 은둔형 니트, 이 비상시에 뭘 하는 거야?!"

"비상시국이라서 이러는 거야! 잘 들어! 지금부터 네 마력을 위즈에게 줘서, 폭렬마법으로 디스트로이어를 공격하게 할 거야! 그럼 저걸 막아낼 수 있을 거라고!"

"싫어! 왜 내 마력을 언데드 따위에게 나눠줘야 하는 건데?! 그리고 내 신성한 마력을 위즈에게 대량으로 주입했다간, 저 애는 분명 정화되고 말 거야!"

아쿠아의 말을 듣고 위즈를 쳐다보니, 그녀는 새파랗게 질린 얼굴로 고개를 끄덕였다.

"저기……. 일전에 아쿠아 님의 마력을 아주 조금 흡수했을 때, 그러니까, 몸 상태가 엄청……."

식중독 같네. 아무튼, 아쿠아의 말은 사실인 것 같았다.

그렇다면 남은 방법은—.

"주인공, 등장."

메구밍이 내 등에서 내려왔다.

10

"알았지? 너무 많이 빨지는 말라구!"

"알았어. 연회용 장기자랑의 신답게 뜸 들이는 거지? 걱정 말고 나만 믿어!"

"그런 거 아냐! 뜸 들이는 거 아니란 말이야!"

아쿠아는 내 앞에 정좌를 하고 앉아 있었다.

그녀의 옆에서는 메구밍이 언제라도 마법을 날릴 수 있도록 디스트로이어를 향해 지팡이를 들고 있었다.

"카즈마 씨, 드레인은 피부가 얇은 부분을 통해 더 많은 마력을 흡수 및 전달할 수 있어요! 그리고 마력의 원천은 심장이에요. 그러니 심장에서 가까운 부분에서 드레인을 하면 효과가 좋을 거예요!"

위즈는 진지한 표정으로 가르쳐줬다. 아하, 피부가 얇은 부분이구나.

그래서 아까 위즈가 나에게서 마력을 흡수할 때도 입술 가장자리를 만졌던 거구나.

그건 여러모로 문제가 많다. 상대가 이상한 기대를 하게 되니까 말이다.

…………잠깐만 있어봐.

"준비 다 됐어요! 하루에 두 번이나 폭렬마법을 쓸 수 있다니, 오늘은 정마아아아아아아아앗!"

내가 메구밍의 등에 손을 집어넣자, 그녀는 화들짝 놀라면서 고함을 질렀다.

"갑자기 뭐하는 거예요! 차가운 손을 옷 안에 집어넣으면 어쩌냐고요! 심장이 멎는 줄 알았다고요! 방금 그건 뭐예요?! 성희롱 하는 거예요? 이 비상시에 성희롱을 하는 건가요?!"

"바보야, 그런 거 아냐! 방금 위즈가 한 말 못 들었어?! 이건 성희롱이 아니라 효율을 고려한 드레인이야! 심장에 가깝고 피부가 얇은 부분 하면 등이잖아! ……앗, 이, 인마! 어이, 아쿠아! 저항하지 마! 나한테는 마을을 구해야 한다는 대의명분이 있다고! 네 가슴에 손을 대지 않은 걸 고맙게 생각해!"

내 발언을 들은 아쿠아는 내가 손을 집어넣지 못하게 하려고 거칠게 저항했다.

"여러분, 시간이 없어요!"

위즈가 큰 목소리로 고함을 질렀다.

타협안으로서, 나는 메구밍과 아쿠아의 목덜미를 잡았다.

그리고 아쿠아에게서 흡수한 마력을 메구밍에게 전달했다.

"위험해요. 이거, 진짜로 위험하다고요! 아쿠아의 마력은 진짜 위험해요! 이거, 과거 최대급의 폭렬마법을 날릴 수 있을 것 같아요!"

"저기, 메구밍. 아직 멀었어? 이미 상당한 양을 빨린 것 같단 말이야!"

아쿠아의 말대로, 메구밍의 조그마한 몸에는 이미 엄청난 양의 마력이 흘러들어갔다.

그래도 역시 썩어도 준치, 아니, 여신님이다.

아쿠아의 마력은 이렇게 빨아냈는데도 불구하고 여전히 바닥을 보일 기색조차 느껴지지 않았다.

"조금만 더! 조금만 더 부탁해요! 아, 이제 위험할지도……."

"어이, 뭐가 위험하다는 거야?! 네 용량보다 더 많이 들어오면 어떻게 되는데?! 설마 폭발하는 건 아니겠지?!"

무시무시한 소리를 하던 메구밍이 왼쪽 눈에 하고 있던 안대를 벗더니, 지팡이를 움켜쥐면서 마법을 영창하기 시작했다.

이미 귀에 익어버린 폭렬마법의 영창 소리가, 모험가들이 멀찍이 떨어진 곳에서 지켜보는 가운데 주위에 울려 퍼졌다.

"다른 건 몰라도 폭렬마법에 있어서만큼은! 저는, 그 누구에게도 지고 싶지 않아요! 갑니다! 궁극의 파괴 마법!"

메구밍의 지팡이 끝이 열기를 뿜기 시작하더니, 금방이라도 폭발할 것 같은 디스트로이어의 몸에 난 균열을 가리켰다.

―지는 걸 싫어하는 아크 위저드는 붉은 눈동자를 반짝이며 목청껏 마법을 시전했다.

"『익스플로전』—!"

에필로그

기동요새 디스트로이어와의 전투가 끝나고 며칠이 지났다.

그리고 오늘.

모험가 길드 안은 기묘한 열기에 휩싸여 있었다.

그 이유는 이 열기를 통해 충분히 알 수 있었다.

모험가들의 기대에 찬 눈길이 길드 직원을 향하고 있는 가운데…….

"카즈마. 나에게는 이런 말을 할 자격이 없을지도 모르지만, 다시 한 번 예를 표하겠다. 이 마을을 지켜줘서…… 정말, 고맙다……! 너에게는 언젠가 말하고 싶다. 내가 그 때, 이 마을을 지키고 싶다고 말했던 이유를 말이다."

오늘은 사복 차림인 다크니스가 멋쩍은 미소를 지으면서 나에게 말했다.

나와 다크니스는 다른 모험가들에게서 조금 떨어진 곳에 있었다.

다크니스의 말을 들은 나는 그녀를 향해 말했다.

"그러고 보니 너, 이번에는 꽤 멋있었어."

다크니스는 내가 느닷없이 한 말을 듣고 디스트로이어 앞에서 단 한 걸음도 물러서지 않았던, 당시의 자신을 떠올렸는지…….

"그, 그랬나……?"

약간 볼을 붉힌 그녀는 멋쩍은 표정을 지으면서 고개를 돌렸다.

그런 다크니스에게…….

"제일 아무것도 안했지만 말이야."

나는 딱 잘라 말했다.

"윽?!"

다크니스는 내 말을 듣더니 고개를 돌린 채 부르르 떨었다.

"그러고 보니 다크니스는 이번에 마을 앞에서 멍하니 서 있기만 했네~. 참고로 나는 활약했어! 결계도 부쉈고, 카즈마의 상처도 치유해줬어! 그리고 메구밍에게 마력도 나눠줬다구!"

어느새 우리에게 다가온 아쿠아가 다크니스를 향해 딱히 나쁜 뜻이 담기지 않은 목소리로 말했다.

그 말을 들은 다크니스는 몸을 더욱 떨었다.

"물론 저도 하루에 두 번이나 폭렬마법을 쓰면서 대활약을 했어요. 게다가 두 번째 폭렬마법은 디스트로이어 전체를 분쇄해버렸다고요!"

아쿠아와 마찬가지로 어느새 우리에게 다가온 메구밍이 딱히 나쁜 뜻이 담기지 않은 목소리로 한 말을 듣고, 다크니스는 몸을 더욱 떨었다.

"그리고 보니 카즈마 씨도 대활약을 했네요! 지휘도 멋지게 했고, 약간 실수를 하기는 했지만 결과적으로는 거대한 골렘도 쓰러뜨렸잖아요. 그리고 철격자로 둘러싸인 코로나타이트를 꺼낸 데다, 저에게 마력도 공급해줬죠……!"

정말, 어느새 다가온 건지는 알 수 없는 위즈가 딱히 나쁜 뜻이 담기지 않은 목소리로 그렇게 말하자, 다크니스는 더는 견딜 수 없다는 듯이 양손으로 얼굴을 감쌌다.

"위즈도 폭렬마법으로 디스트로이어의 다리를 부수고, 내 손도 식혀준 데다, 폭발 직전의 코로나타이트를 텔레포트시켰잖아……. 이번 전투의 MVP는 위즈라고."

그 말을 듣고, 얼굴을 감싼 채 사시나무 떨듯 온몸을 떨고 있는 다크니스에게…….

"……자아, 마을을 지키겠다면서 고집을 피웠던 너는 어떤 활약을 했지?"

"이, 이런 감각은! 처음 느껴봐! ……와아아아아아아~!!"

내가 새빨개진 얼굴을 양손으로 감싼 채 그 자리에서 무너지듯 주저앉은 다크니스를 놀리면서 만족하고 있을 때─.

느닷없이, 길드 안의 술렁거림이 잦아들었다.

고개를 들어보니, 술렁거림이 잦아든 원인이 눈에 들어왔다.

왠지 어두운 표정을 하고 있는 길드 직원의 옆에, 두 명의 기사를 대동한 흑발 여성이 서있었다.

그러고 보니, 이번에 쓰러뜨린 현상범은 마왕군의 간부가 아니라, 각자의 마을과 국가를 위협하던 거물이다.

그러니 길드 직원이 아니라 이 나라의 기사님이 직접 보수를 전달하러 온 것이리라.

아니, 어쩌면 나를 스카우트하러 온 것일지도 모른다.

우리가 기대에 찬 표정으로 지켜보는 가운데, 그 여성은 우리를 쳐다보았다.

그녀의 시선은 나를 향했다. 그 눈빛은 전혀 가볍지 않았으며, 매우 뜨거웠다.

비유를 하자면…….

―그것은 부모의 원수라도 쳐다보는 듯한 무시무시한 눈빛이었다.

"모험가, 사토 카즈마! 네놈은 현재 국가전복죄의 혐의를 받고 있다! 순순히 따라오도록!"

〈끝〉

■작가 후기

여러분 덕분에 2권이 나올 수 있었습니다.

처음에 1권을 내지 않겠냐는 제안을 받았을 때는 사기가 아닐까 하고 경계했습니다만, 요즘 들어 사기가 아니라는 생각이 들기 시작했습니다.

하지만 사기라는 것은 피해자가 방심할 때를 노리기에 아직은 경계를 풀 수 없습니다.

—얼마 전에 도쿄에 갔다 왔습니다.

옛날에 도쿄에서 산 적이 있기는 합니다만 평소에는 시골에서 신선 같은 생활을 하고 있기 때문에 사람이 많은 곳에 가면 패닉 상태가 됩니다.

도쿄 역에 도착했을 때, 사람이 너무 많아서 울면서 돌아갈까 고민했을 정도입니다.

현실도피를 위한 돌발적 상경이 아니라, 회의라는 명목으로 일을 위해 도쿄에 갔었습니다.

도쿄에 일찍 도착했기 때문에 아키하바라 등을 탐색했습니다.

서점에 제 책이 없으면…….

"어~? 『이 멋진 세계』 없는 거야~? 왜~?"

……같은 소리를 하면서 가게 앞에서 떼쓸 생각이었습니다만, 왠지 엄청 눈에 띄는 곳에 비치되어 있었습니다.

감사합니다, 감사합니다……!

그 후, 카도카와 빌딩 주변을 어슬렁거리면서 이런 차림으로 빌딩에 들어갔다가 경비원 아저씨에게 잡히기라도 하면 어쩌지 하고 걱정했습니다만, 아무튼 무사히 회의를 끝냈습니다.

그 후, 편집자님에게 엄청 비싼 밥을 얻어먹으면서 도쿄를 만끽했습니다만…….

―다음날, 태풍이 도쿄를 강타했습니다.

전철도 스톱되었기 때문에, 아아, 이건 서둘러 돌아가서 일하지 않아도 되니 놀다 돌아가라는 하늘의 계시구나, 하고 생각했습니다. 그리고 강풍이 부는 가운데 도쿄를 배회했죠.

이런저런 곳을 둘러보며 즐겼습니다만, 도쿄 안에서 몇 번이나 미아가 되었죠. 이대로 돌아가는 길을 모른다면 확 텐트라도 사서 여기서 살까 하고 고민했습니다.

제가 사는 곳은 도로를 달리는 자동차가 아니라, 도로를 가로지르는 멧돼지를 조심해야 할 정도의 시골입니다만, 저는 이상하게도 시골이 체질에 맞는 것 같습니다.

―자, 그럼 작품에 대한 이야기를 좀 해볼까요.

현재, 스니커 문고 홈페이지에서 『이 멋진 세계에 폭염을!』이라는 제목의 작품을 연재하고 있습니다. 메구밍이 주역인 스핀오프 작품이니 관심이 있으시다면 읽어봐 주십시오.

미시마 쿠로네 씨가 그려주신 일러스트도 있으니 잘 부탁드립니다.

카즈마 일행과 만나기 1년 전의 이야기이며, 메구밍의 머리카락이 지금보다 짧고, 아직 안대도 하지 않았습니다.

메구밍의 어깨에 찰싹 붙어있는 정체불명의 녀석에 대한 것도 적혀 있으니, 그 녀석이 신경 쓰이는 분은 꼭 읽어봐 주십시오.

그건 그렇고, 2권이 나왔는데도 여전히 많은 분들에게 폐를 끼치고 있습니다.

제가 가장 힘들어 하는 것은 각 장의 타이틀입니다.

실은 각 장의 서브타이틀은 담당 편집자이신 K씨가 지어 주십니다.

집필 쪽에서는 타이틀과 캐릭터의 이름을 짓는 데 가장 많은 시간이 걸립니다.

이건 센스 문제이기 때문에 앞으로도 담당 편집자님에게 각 장의 타이틀 관련으로 폐를 끼칠 거라고 생각합니다. 미리 사과드립니다.

그리고 보니 매권 후기가 사과와 감사 인사로 가득 차는 것 같은 느낌이 듭니다.

하지만, 덕분에 이번 권도 무사히 간행되었습니다.
감사합니다. 감사합니다!
그리고 보니, 얼마 전에 웹 버전이 완결되었습니다.
웹 버전부터 보신 분들에게 한 말씀 드리자면, 서적판이 완성판입니다. 3권부터는 새로 쓰는 부분이 많아질 거라고 생각합니다.
웹 버전보다 재미있는 작품을 만들 테니, 앞으로도 잘 부탁드립니다!
매사에 대충인 작가지만, 작품에 있어서만큼은 거짓말을 하지 않습……니다……?

그럼 이 책의 제작에 협력해주신 여러분, 그리고 이 책을 구매해주신 독자 여러분.
—진심으로, 감사드립니다!

아카츠키 나츠메

「죄목 : 폭발물 전송을 통한 영주 암살 미수」?!
……어?! 나, 체포당하는 거야?

자, 잠깐만!
카즈마는 아무 짓도 안했다구!!

그래요! 누명이에요!

증거가 있나요?!

……응?! 내용이 더 있는데…….
「증언 : 묘지에 결계를 쳐서 마을에
악령 소동을 일으켰다」.

…….

「마을 밖에서 아무 의미 없이
폭렬마법을 써댄다」.

…….

「언데드만 사용할 수 있는
스킬을 쓰는 모습이 목격되었다」.

…….

………어이, 어떻게 해줄 거야?!
구해달라고!

―늦어서 미안하다, 카즈마.
그 재판, 잠깐 중단해주지 않겠느냐!

이 멋진
세계에 축복을! 3
부르잖아요, 다크니스 씨.

COMING SOON!

안녕하십니까. 근로청년 번역가 이승원입니다.

『이 멋진 세계에 축복을!』 2권을 구매해주셔서 진심으로 감사드립니다.

9월 초가 되니 날씨가 꽤나 선선해졌습니다. 며칠 전까지만 해도 선풍기를 켜놓지 않으면 잠도 못 잘 정도였는데, 요즘은 잘 때 창문도 닫습니다. 작년에는 10월 초까지도 꽤 더웠던 것 같은데, 이번에는 가을이 정말 빨라 찾아왔군요. 이제 반팔 반바지 더하기 밀짚모자 모드도 포기해야 할 듯합니다. 일찌감치 긴팔 긴 바지 더하기 밀짚모자 모드로 변경해야……!

참, 얼마 전에 일본에 다녀왔습니다. 제가 번역을 담당하고 있는 모 정령 공략(-_-;;) 라이트노벨 작품의 극장 애니메이션이 개봉된다고 해서 그걸 보러 갔죠.

2박 3일 후쿠오카 배여행이었습니다. 그리고 후쿠오카에 도착하고 얼마 지나자 문자가 하나 오더군요. 이틀 후 한국으로 돌아가는 배가 태풍의 영향으로 결항되었다는 문자 가요.

농담이 아니라 후쿠오카에 도착하고 30분 만에 결항 문자가 왔습니다. 차라리 출발하기 전에 왔다면 노트북이라도 챙겨왔을 텐데 말이죠. 흑흑.

뭐, 그래도 무사히 영화를 보고, 다음날 오전 배로 돌아왔습니다. 태풍 때문에 버스와 전철이 전부 끊겨서 호텔방에 틀어박혀 번역할 작품만 열심히 읽었지만요.ㅠㅜ

아, 그래도 당초 목적이었던 모 정령 공략(-_-;) 라이트 노벨의 극장 애니메이션을 봤습니다. 그걸로 만족하고 있어요.^^

자, 그럼 작품에 대한 이야기를 조금 해볼까 합니다.

약간의 스포일러가 들어갈 수도 있으니 양해 부탁드립니다!

지난 권에서 마왕군 간부 베르디아를 악전고투(-_-;) 끝에 해치운 카즈마 일행. 하지만 그 대가로 빚더미에 앉게된 그들은 한 겨울에도 마구간 생활을 해야 하는 처지가 됩니다. 결국 센 몬스터만 나돌아 다니는 겨울에 퀘스트를 처리하러 갔다가 카즈마가 XX당하죠.

그 뿐만 아니라 유령 저택을 정화하는 일거리를 맡았다가

『사X의 X형』에 나올 법한 이벤트를 겪지를 않나, 서큐버스가 운영하는 가게에서 해주는 특별 서비스를 이용하려다 천국(?)과 지옥(?)을 동시에 경험하기까지……. 사토 카즈마 군의 고생은 2권 마지막 이벤트에서 절정에 도달하죠.

자세한 내용이 궁금하신 분은 본편을 꼭 읽어봐 주시길!

그럼 이만 줄이겠습니다.

이 작품을 저에게 맡겨주신 삐야 님과 L노벨 편집부 여러분. 항상 번역할 맛 나는 작품을 맡겨주셔서 감사합니다.

남이 끓여준 라면이 얼마나 맛있고, 그 라면에 소주 한 잔 곁들이면 천국이 따로 없다는 걸 재인식시켜준 악우 여러분, 여러모로 감사합니다.^^

마지막으로 언제나 제게 버팀목이 되어주시는 어머니와 『이 멋진 세계에 축복을!』을 읽어주신 모든 분들에게 진심으로 감사드립니다.

난데없이 법정 드라마(^^)가 펼쳐지는 3권 역자 후기 코너에서 다시 뵙겠습니다!

2015년 9월 초
역자 이승원 올림

이 멋진 세계에 축복을! 2
중2병이라도 마녀가 하고 싶어!

1판 1쇄 발행 2015년 10월 10일
1판 21쇄 발행 2023년 3월 2일

지은이_ Natsume Akatsuki
일러스트_ Kurone Mishima
옮긴이_ 이승원

발행인_ 신현호
편집장_ 김승신
편집진행_ 권세라 · 최혁수 · 김경민 · 최정민
편집디자인_ 양우연
관리 · 영업_ 김민원

펴낸곳_ (주)디앤씨미디어
등록_ 2002년 4월 25일 제20-260호
주소_ 서울시 구로구 디지털로 26길 111 JnK디지털타워 503호
전화_ 02-333-2513(대표)
팩시밀리_ 02-333-2514
이메일_ lnovellove@naver.com
ㄴ노벨 공식 카페_ http://cafe.naver.com/lnovel11r

KONO SUBARASHII SEKAI NI SHUKUFUKU WO! CHUUNIBYOU DEMO MAJO GA SHITAI!
© 2013 Natsume Akatsuki, Kurone Mishima
Edited by KADOKAWA SHOTEN
First published in Japan in 2013 by KADOKAWA CORPORATION, Tokyo.
Korean translation rights arranged with KADOKAWA CORPORATION, Tokyo.

ISBN 978-89-267-9996-3 04830
ISBN 978-89-267-9978-9 (세트)

값 6,800원

© Takeru Uchida 2013
Illustration Nardack

이세계 치트 마술사 1권

우치다 타케루 지음 | Nardack 일러스트 | 박경용 옮김

평범한 고등학생 타이치와 린은 갑자기 나타난 빛에 휩싸여 버린다.
정신을 차리니 두 사람은 검과 마술의 이세계에 있었다.
마물과 맞닥뜨리지만 운 좋게 위험에서 벗어나고,
모험자의 조언으로 길드로 향하는 두 사람.
그곳에서 두 사람이 터무니없는 하이스펙의 마력을 가진 것이 판명된다.
평범한 고교생이 갑자기 최강 치트 마술사로—.
꿈만 같은 초자연 현상을 자신의 손으로 만들어내는 감동.
상상을 훨씬 뛰어넘는 압도적인 신체능력.
평화로운 나라에서 찾아온 타이치와 린의 이세계 모험이 시작된다.

「소설가가 되자」 대인기 이세계 판타지를
서적용으로 전면 개고하여 재미가 300% UP!

컴플리트 노비스 1권

타오 노리타케 지음 | 카고메 일러스트 | 원성민 옮김

「레벨 99가 되면 무슨 일이 일어난다」라는 소문과 함께,
눈 깜빡할 사이에 전 세계의 게이머를 매료시킨 디지털 MMORPG—
〈아스트랄 이노베이터〉.
레벨이 지배하는 이 게임 세계에서
아홉 명 밖에 없는 플레이어 〈리절터 나인〉들과 어깨를 견주는 검사, 이치노.
〈컴플리트 노비스(미경험자의 극에 달한 자)〉라고 불리는 그의 레벨은 「1」.
어떤 목적을 위해 솔로 플레이로 공략을 계속하던 그는
레벨 51의 사쿠라와 결투를 하게 된다.
그리고 멋지게 승리를 쟁취하지만……
사쿠라는 "치트 따위는 절대로 용서 못 해!"라면서 그를 감시하게 되는데?!

레벨이 지배하는 게임 세계에서
고레벨 플레이어를 압도하는 레벨 1의 최강 검사!

라이트노벨의 새로운 빛! L노벨의 신간은 매월 10일에 발매됩니다. www.lnovel.co.kr